EL ABOGADO DEL NARCO

B

HAREL FARFÁN MEJÍA

EL ABOGADO DEL NARCO

EDICIONES B

MÉXICO · BARCELONA · BOGOTÁ · BUENOS AIRES · CARACAS
MADRID · MONTEVIDEO · MIAMI · SANTIAGO DE CHILE

El abogado del narco

Primera edición, septiembre de 2012

D. R. © 2012, Harel Farfán Mejía

D. R. © 2012, Ediciones B México, S. A. de C.V.
Bradley 52, Anzures DF-11590, MÉXICO
www.edicionesb.mx
editorial@edicionesb.com

ISBN 978-607-480-354-9

Impreso en México | *Printed in Mexico*

ADVERTENCIA: Aunque en esta novela se usan nombres reales. Todo es una invención del autor.

A doña Catalina Mejía Mancera
Siempre

Tras aventar el periódico al asiento, Lorenzana metió su mano en la bolsa del saco en busca de su encendedor. Al tenerlo entre sus dedos, recargó la cabeza en el asiento de piel y encendió el Cohiba que, minutos antes, había abandonado entre sus pálidos dientes.

Rodeado por el humo que viajaba en dirección al parabrisas, su mirada se fijó en las luces digitales que indicaban en el tablero, del Mercedes S500, la una de la tarde. Enterado del tiempo que había transcurrido desde su llegada, colocó el habano en el cenicero y marcó la clave Z-3: llevaba ciento veinte minutos estacionado frente a la reja del Servicio Médico Forense (SEMEFO) esperando que Luis Del Valle, su secretario, saliera con el oficio que posponía la autopsia de su amigo.

—¿Qué te contestó el C.H., Benjamín?, ¿cuánto nos cobrará por cargarse al pinche diputado?

—Aún no sé, Pepe. El cabrón anda bien pirado por la coca y así no se puede hablar con él.

—¡No me digas, compadre! ¡Vale madre con ese cabrón! Oye, un favor, en cuanto sepas algo avísame al radio inmediatamente. Me urge finiquitar ese asunto esta semana.

Molesto por la situación, en cuanto colgó Lorenzana le dio un corto empujón al respaldo del asiento y respiró profundamente. Percibía que la mala suerte no lo abandonaba y aceptó finalmente que era momento de utilizar el *As* de su baraja. Tomando la agenda electrónica, que reposaba a un costado de su pierna, buscó en la letra G el nuevo número telefónico de su amigo; por extraña coincidencia, en ese momento su secretario se acercaba portando un sobre de color amarillo.

Parado a un costado del auto Del Valle intentó abrir la puerta pero no lo consiguió, como respuesta, su jefe bajó el vidrio creando una rendija por dónde su hombre pudiera introducir el sobre. Acostumbrado a ese tipo de acciones, Luis filtró la información y atravesó la calle en donde lo aguardaba Julio, su guardaespaldas. Rehusándose a ver el rumbo tomaba la camioneta de su secretario, el abogado estiró el brazo y tomó el sobre del asiento; en un descuido, miró de reojo la fotografía del diario y apretó los dientes al leer parte de la nota periodística fechada al 5 de julio de 1997.

Doña Aurora Fuentes López sacude la reja del SEMEFO *exigiendo la entrega del cuerpo de su hijo, mientras su abogado… ¡José Ángel López Lorenzana! Intenta conseguir un amparo que obligue a las autoridades a regresar el cuerpo de…*

Con nulos deseos para seguir leyendo, Lorenzana quitó la mirada del periódico y metió dos dedos al sobre. ¿Sólo una hoja? se dijo y sin perder tiempo revisó el texto un par de veces, satisfecho del contenido apagó el puro.

Con el oficio guardado en el portafolio, Lorenzana se dedicó a observar el movimiento vertiginoso de la ciudad; a cada metro que el automóvil avanzaba, quería encontrar en aquellos escenarios rutinarios imágenes que distrajeran su mente. Para su mala suerte, al pasar frente al Museo del Niño un espectacular, ostentando un llamativo anuncio de la Procuraduría General de la República (PGR), le recordó que debía realizar la llamada pactada.

Una vez más, el abogado no tuvo suerte, ya que el secretario particular de Nicolás Villalobos Cornejo, subprocurador de la República, le comunicó que su jefe se encontraba en audiencia con el presidente y el procurador. Dejando fragmentos de hule en el asfalto, Agustín, el chofer, tomó la avenida Reforma, a la altura del Hard Rock Café, y bajó la velocidad. Se encontraban a escasos tres kilómetros del lugar donde se llevaría a cabo la cita y no arribarían al lujoso restaurante hasta que la *Avanzada* se comunicara con ellos.

Aprovechando que contaba con algunos minutos para descansar, Lorenzana cerró los ojos pero diversas imágenes acecharon su pensamiento, una en particular lo alteró: observó su cuerpo sentado y con un balazo en la cabeza. Para su consuelo, en medio de ese transitar entre la vigilia y el sueño, el celular sonó.

—¿Bueno?

—¡Qué pasó, Pepe! ¿Para qué soy bueno?

—¡Licenciado Villalobos! ¿Qué me cuentas?

—¡Nada, nada¡ Dime, ¿en qué te puedo ayudar?

—Pues, antes que otra cosa, quiero agradecerte el apoyo que me brindaste y...

—¡No hay porque hacerlo, Pepe! Para eso estamos los amigos, ¿no?

—¡Eso no se cuestiona, licenciado! ¡Oye! Podríamos vernos en el bar del Hotel Camino Real a las siete. Me urge tratar algo contigo.

—¡Uy! Me gustaría, pero fíjate que lo de Amado me tiene hasta la madre de trabajo y...

—¡Hombre, licenciado! Sí el favor que te quiero pedir, nuevamente, es sobre ese asunto.

—¿Qué? —el tono seco y cortante que empleó Villalobos al responder, hizo entender al abogado su posición y dio un paso para atrás.

—Nada que no sepas, licenciado. Necesito que las autoridades me regresen el cuerpo de Amado y quiero que me averigües cuánto vale este favor para tu jefe.

—Ahora caigo, me imagino que Vicente te estará chingando con ese asunto después de lo que pasó en el hospital.

—Algo así. Entonces, ¿me ayudarás con tu jefe o no?

—¡Uta! Para serte franco Lorenzo es bien cerrado en estos asuntos, así que... Mmm, ¡mira!, para que no digas que no soy amigo dame unos diez minutos y márcame. Espero que para entonces ya pueda decirte qué me contestó —una vez más en las palabras del subprocurador se advertía más que una amistad un compromiso, y el abogado sonrió.

—En diez minutos te marco y... ¡Oye! Antes que se me olvide te quiero preguntar si está completo el dinero.

—Está completo, abogado.

En cuanto colgó el subprocurador una enorme ola de coraje invadió a Lorenzana quien revisó, mentalmente, el trato hecho con Villalobos Cornejo:

Antes de cerrar el asunto hablé con el Viceroy sobre la cantidad que nos solicitaban y él aceptó pagar. Pero qué otra le quedaba, si Nicolás toma las decisiones en vez del procurador quien no tiene ni la chingada idea de cómo organizar el combate contra la delincuencia en este país. Lo mejor era cerrar el negocio rápidamente antes que los del SEMEFO realizarán la autopsia de Amado.

III

La voz del líder de la *Avanzada*, notificando su arribo al restaurante, interrumpió el pensamiento de Lorenzana, quien escuchó que la escolta personal de doña Aurora se encontraba en el lugar.

—¿Quién está al frente del primer equipo, Agustín? —preguntó el Abogado al saber que cincuenta pistoleros, armados hasta los dientes, rodeaban la antigua casona transformada en restaurante.

—Manuel Caño, señor. Un bato que es *gabacho*.

—¿*Gabacho*?

—Sí, es el tipo que la Española le mandó apenas —al escuchar el apodo de Verónica Medina, Lorenzana se acordó de la llamada realizada a su amiga.

—Y, ¿por qué dices que es *gabacho*?

—Pos, la verdad no sé. Así le dicen los muchachos, pero, ¡qué más da de dónde sea, patrón! —originado por la pueblerina respuesta de su chofer, el abogado movió la cabeza en señal de incredulidad y miró como el automóvil tomaba la vereda que lo conducía al restaurante El Lago.

Respirando los pinos enanos que adornaban el camino de arcilla y cemento, Lorenzana levantó el teléfono y dudó. Sabía que el momento de llamar al subprocurador había llegado.

—¿Qué noticias me tienes, Villalobos?

—¡Malas! Sobre el tema de Amado estoy atado de manos y, ¡para acabarla de chingar! Lorenzo salió a una cita.

—Ni qué decirte, licenciado. Las cosas son así y ni modo.

—¡Pues, sí! Ojalá pudiera ayudarte pero…

¡Puras pendejadas se inventa este hijo de la chingada para justificar sus mentiras! Se oiría más creíble si me dijera que los gringos no les permiten entregar el cuerpo, por lo menos, no me sentiría ofendido en mi inteligencia, pensó Lorenzana, molesto por la actitud del subprocurador.

—¡Oye, Pepe! ¿Por qué no vienes a la procuraduría y le haces saber tú petición a Lorenzo? ¡Anímate!, de mí queda que te reciba —sin medir las consecuencias, Villalobos emitió de la nada aquella propuesta ofensiva.

—Te lo agradezco, Nicolás, pero en este caso tú eres el bueno y la doña sabe que dependemos de tu gracia —contestó el abogado, haciendo a un lado la grave situación que vivía.

Al sentirse acorralado, el subprocurador guardó silencio y le dio un trago al vaso de agua que reposaba en su pretencioso escritorio. Él, como todos los mandos policíacos, sabía que más de un procurador, gobernador, líder político o sindical, habían sido asesinados al negarse a realizar este tipo de favores y no pensaba engrosar la lista.

—Dame un par de horas y te aviso si logré convencer a mi jefe o nos chingamos. Sólo entiende que estás pidiendo algo muy difícil de conseguir, Pepe —contestó Villalobos, quien mostraba ahora un tono de voz diferente.

IV

MEDITANDO LA LLAMADA HECHA, Lorenzana se detuvo un momento en la entrada del restaurante y miró el hermoso lago que se reflejaba en sus ojos grises. Sin pensar en otra cosa, admiró las elegantes y majestuosas garzas que nadaban cerca de la orilla; escuchó los pomposos y distraídos prados verdes que se dejaban consentir por la brisa del viento. Observó que, al final de su recorrido, su mano ya no temblaba y su ojo había dejado de latir.

Sereno, fue que el abogado penetró en el somnífero restaurante, al mismo tiempo que iba analizando los posibles escenarios con los que se podía encontrar. Estaba consciente que la entrega del cuerpo de Amado, que el día anterior había hecho a la PGR, lo colocaba en una situación de desventaja y no pretendía regalar más terreno. Ingresando al lobby en cortos pasos, miró el hermoso candelabro ubicado en el centro y la enigmática alfombra persa deslizando la luz por su ríspida textura; y sin proponérselo recordó la docena de veces que había pasado debajo de aquella araña de luces, acompañado de Amado y algunos buenos amigos.

Teniendo los labios de Jennifer estampados en su mejilla, Lorenzana regresó su pensamiento al salón y sintió el glúteo de su ex amante recargado en su mano. Sin dejar pasar la oportunidad, acarició la falda de la *hostess*, mientras le besaba suavemente el cuello; de pronto, en medio de aquellas caricias y besos que ciegan, el pantalón empezó a vibrar.

—¿Dime, Sara? —preguntó el abogado, a segundos de haber colocado a Jennifer a un metro de distancia.

—Ya depositaron los de grupo Gigante.

—¿Cuánto depositaron?

—Cinco millones de dólares.

—Ok —animado por la noticia, el abogado continuó su marcha a través del restaurante y se ajustó la corbata.

Susurrando por el pasillo que conduce a los privados, observó a la distancia que un hombre alto, moreno y de bigote abultado, se levantaba de la mesa y se dirigía a su encuentro. Estando a tan sólo un par de metros, sus ojos se cruzaron y ambos supieron que la reunión había comenzado.

—¿Qué hay, compa?, ¿ya estuvo lo de mi hermano? —preguntó Rodolfo Carrillo al encarar a Lorenzana.

—Hay que esperar.

—¿Esperar?, ¡esperar ni que la verga, cabrón! ¿Para eso te pagamos tanto dinero, puto?, ¿pa' que me salgas con esa pendejada? —aulló el hermano del capo al sujetarlo de la solapa.

Para fortuna de ambos, una voz proveniente de la mesa le ordenó al menor de los Carillo tomar su lugar: era doña Aurora quien vistiendo un traje negro, mascada roja, blusa blanca y sencillas joyas, le solicitaba a su hijo tomar asiento a su lado.

—¿Qué te han dicho sobre mi hijo, Pepe?

—Nada bueno hasta ahora, dependemos directamente de Lorenzo García quien, por cierto, en este momento analiza junto con el secretario de gobernación el costo político que representa para el gobierno la entrega del cuerpo de Amado a escasas horas de su muerte. Al escuchar la descorazonadora respuesta, la madre del capo vació de un trago el caballito de tequila antes de hablar.

—¡Mira, Cabrón! Para que lo sepas de una vez: no quiero que me destacen como una res a mi Amado. ¿Entiendes?

—Sí, lo sé, pero…

—¡Cállate y escucha, Pepe! No me importa lo que cueste o quién tenga que morir. Quiero para mañana el cuerpo de mi hijo conmigo. ¿Soy clara? —ante el discurso bélico pronunciado por su madre, Rodolfo, buscando caldear el ánimo que se vivía, tomó la botella de tequila y llenó los vasos—. A estas alturas no vamos a engañarnos, abogado, tú fuiste leal a mi hijo y él te vio como parte de nuestra familia; desafortunadamente para ti, yo no soy Amado y tienes que demostrarme si puedo confiar en ti o no.

—Veo que después de veinte años, de amistad y trabajo, aún se duda de mi fidelidad, Aurora—. Aclaró Lorenzana al ver que las verdades empezaban a emanar.

—No digas eso, Pepe. Para que lo sepas y dejes de especular, a estas alturas ni en mis propios hijos confío —cerrando toda posibilidad de dialogo con un argumento tan concluyente, doña Amparo le indicó al abogado que esperaría sus noticias a cualquier hora del día.

Esquivando la vista de Rodolfo intentando que las cosas no se complicaran, Lorenzana se despidió de la mamá de Amado sin decirle que aún le faltaba una cita por cumplir y, sin saberlo en ese momento, sería la que le salvaría la vida.

Acompañado del capo, el abogado caminó, hombro con hombro, hasta la salida del restaurante en donde supo el verdadero motivo de la reunión.

—Vicente no asistió a la reunión porque esta muy encabronado contigo, compa. Pero aún así, me pidió que te diera un mensaje. Ya estará de ti que lo tomes en cuenta o no —le indicó Rodolfo, al detenerse en la escalinata de mármol.

—Te escucho.

—Nada que no sepas, Pepe,

—¡No mames, ahora resulta que soy adivino!

—Adivino no, pero si un cadáver.

—¿Un cadáver?... De plano así están las cosas.

—Sí, y tienes veinticuatro horas para entregarle a mi madre el cuerpo de Amado, de no cumplir, te aconsejo que corras —pronunció el capo al ver la puerta del Aston Martín abierta y a Lorenzana con la intención de abordarlo.

Con la boca seca y el aroma del tequila cubriendo su traje, el abogado abordó el auto y le ordenó a Agustin dirigirse a la casa de Gilberto Borbolla Coviza. Mientras, se comunicaría con él.

—¡Qué pasó, señor magistrado! ¡Por qué me tiene tan abandonado! —exclamó al oír la voz de su amigo.

—¡Estoy hasta la madre de tanto pedo de telenovela que pasa en este pinche país y tú me sales con tus bromas universitarias, Pepe!

—No se enoje, señor magistrado.

—A ver, sí en algo te puedo ayudar ya dímelo y deja de llamarme así, cabrón.

—Si no tienes inconveniente prefiero platicártelo en vivo.

—Ok, te espero en mi casa.

Por el punto geográfico en donde se ubicaba el restaurante, las opciones de vialidad para llegar a la colonia Lomas de Chapultepec era una. Ante esto, el tráfico saturado que se vivía en la avenida Reforma terminó por estrangular el automóvil en donde viajaba Lorenzana.

Ante la inclemencia citadina el abogado cerró los ojos y, para evitar la funesta imagen de horas atrás, recapituló en su mente lo vivido en las últimas setenta y dos horas; así, al encontrarse con su maestro y viejo amigo, podría darle un informe más detallado de lo ocurrido hasta el momento.

V

Todo empezó el pasado sábado, Amado tuvo el detalle de invitarnos a comer en La Luz. En cuestión de fiestas él siempre se ha distinguido por ser un magnifico anfitrión. Nunca falta la buena bebida, la excelente comida y no fue la excepción. Recuerdo que la mañana, a pesar de haber nubarrones en el cielo, estaba soleada; los pájaros revoloteaban entre los árboles; las hojas se movían al compas del viento y la mano de Refugio me guiaba al jardín principal, en donde la gran concurrencia ocupaba largas mesas llenas de bebida y comida. En un costado, los mariachis miraban desconsolados la sombra que la lona generaba.

Al encontrarnos a unos cuantos pasos de llegar con Amado, sorpresivamente la docena de cuervos entonaron a todo pulmón las Mañanitas. Éste suceso nos hizo pensar que alguno de los Carrillo estaba cumpliendo años, ¡claro!, nuestro desconcierto vino cuando Amado abrazó a mi esposa y le comunicó que la fiesta era en su honor. Ella, al enterarse de la situación y sin poder disimular el asombro que le generó la noticia, tomó la pequeña caja que le ofrecía mi amigo. Tras abrirla y ver las llaves de una camioneta Mercedes Benz colgando de un llavero dorado, le agradeció el regalo brindando con un caballito de tequila.

Descubierta la festejada, los invitados se aproximaron a felicitarla mientras le entregaban los obsequios que le habían llevado: el general y gobernador del Estado de Morelos, Cesar Lea, le regaló una gargantilla de diamantes, el general Leonardo López, comandante de la zona militar, un juego de aretes y una pulsera de oro blanco, Cristina Action, delegada de la PGR en Morelos, un hermoso abrigo de Mink, Fernando Barros, gobernador de Chihuahua, un reloj Cartier, etcétera. Mencionar uno a uno los regalos entregados a mi mujer me resultaría imposible. Fueron tantos los políticos, militares y funcionarios de las distintas corporaciones policíacas, así como la gente de confianza de Armando: el Mayo Zambada, el Palacios Olguín, el Chapo, el Azul, Vicente, Rodolfo, etcétera, que difícilmente podría enumerarlos.

Uno de los sucesos que no he podido explicarme hasta el momento, fue que mientras se llevaba a cabo la entrega de obsequios Amado me veía como nunca antes lo había hecho: era la mirada de un hombre feliz. Gesto que me resulta extraño cuando él vive bajo las presiones de un sistema político que lo hizo encargado, desde la muerte del Zorro, de la venta y traslado de droga a los Estados Unidos.

—¿Te puedo ayudar en algo, Amado? —le pregunté al no encontrar explicación a su buen ánimo.

—Tómate una conmigo, Pepe. Es hora de espantar a los fantasmas, ¿no crees? —me contestó, al mismo tiempo que sostenía la botella de whisky en el aire y lentamente iba llenando el par de vasos—. ¿Qué le regalaste a tu señora, abogado?

—Aún nada, pero ya viene en camino un juego de aretes y collar que mandé a pedir de Italia —por cortesía y respeto, omití el detalle de que faltaba una semana para el cumpleaños de Refugio.

Entre balazos, bailes y canciones, la tarde se deslizó sobre la cubierta de flores y el ocaso se dibujó en los ventanales de la casa; por orden de ellos, las esposas empezaron a retirarse acompañadas de sus hijos, mientras un centenar de putas se fueron colocando en las sillas que habían quedado vacías. Atento a lo que estaba ocurriendo, tomé de la mano a Refugio y comencé a abandonar la casa; afortunadamente, el sexto sentido que he desarrollado durante más de veinte años me regresó a la mesa: esa noche no me podía ir dejando a mi amigo a su suerte. Rodeando la cintura de Refugio, y al clamor de Los Plebes de Naco, invadí la pista de baile con mis mejores pasos: faltaban por actuar Los Venados de Sonora y tenía que calentar un poco para aguantar el paso de mi mujer.

Cerca de las tres de la madrugada, cuando el alcohol embrutece los pies y las manos extravían los caminos, las ganas por tener a Refugio en mis brazos me dominaron. Tras despedirme de Amado, le solicité a Jacinta, el ama de llaves, me asignara una habitación para descansar. Por lo regular, cuando tengo que pasar la noche en La Luz, suelo hospedarme en la casa del jardín; pero esta vez, ella nos trasladó a la casa principal en donde nos proporcionó una de las recámaras que dan al patio trasero, cerca de la piscina.

Al irrumpir en la rústica habitación, las manos recorrieron tropezadamente la espalda de Refugio, mientras mis labios se adueñaban del sabor de su piel. Jugando a extraviar la ropa en el cuarto, la silueta de sus pezones erectos se reflejó en la pared y el sudor, que de su cuello rodaba, provocó que abriéramos los ojos. Parados junto a la cama, y sin palabras

que entorpecieran el momento, cogí firmemente las escultu-
rales nalgas de mi mujer y la guié hasta el suave colchón en
donde, después de colocarla encima de mí, levanté su cuerpo
lo suficiente para penetrarla.

Dentro de ella, un calor electrificante recorrió mi cuerpo
y los gemidos aumentaron con más fuerza. Sin poderlo controlar, la rigidez de las piernas me avisó que estaba cerca de
llegar al clímax y la besé profundamente. Permitiendo que la
vida se desbordara, respiré el dulce aroma que su piel había
dejado en mí boca, mientras el ruido de motores entrando
a la casa invadió la habitación.

—¿Escuchaste eso, mi amor? —le pregunté a Refugio, al
quebrarse el silencio que predominaba en la Quinta.

—¿Qué cosa?

Sin contestar la duda de mi esposa, me levanté de la cama
y le marqué a Amado.

—¿Todo bien?

—¿Qué no estabas dormido, Pepe?

—Para ti siempre estoy disponible. ¿Voy para allá?

—¡Espera! Esta vez no.

Molesto por la negativa que recibía, caminé hasta la
ventana y fijé mi vista a la casa del Jardín. Con apenas
un vislumbre, pude observar tres camionetas del ejército
parqueadas frente a la puerta y una docena de soldados
alrededor. Sabedor de lo que implica la presencia de unidades del Estado Mayor dentro del rancho, mantuve una
vigilancia estrecha a la casa.

Al paso de veinte minutos, y sin poderlo vaticinar, un
quejido procedente de los arbustos distrajo mi atención: para
mi mala fortuna descubrí a Vicente Carrillo acostado en el
pasto teniendo relaciones íntimas con Mariela. Disfrutando
el cuerpo desnudo de la escultural mujer, la gente que se encontraba en la casa salió para abordar los vehículos oficiales;

por ello, no pude ver ni sus figuras ni sus rostros para reconocerlos; además, un segundo gemido le confirmó a Refugio que algo pasaba cerca de la alberca y dirigió sus pasos a donde me encontraba. Enterado de las peligrosas intenciones de mi mujer, me separaré de la ventana para interceptarla. No quería que viera aquella escena que le molestaría.

Confortados por el calor de la tibia sabana, el ruido de las camionetas, saliendo del rancho, fue lo último que escuchamos antes de cerrar los... Motores alejándose fue lo último que escuché antes de cerrar los ojos.

Como todos los domingos la alarma del reloj sonó a las once de la mañana, en cuanto la apagué, el silencio envolvente me hizo saber que Refugio observaba mis movimientos. No sé cuanto tiempo llevaría haciéndolo, pero al encontrarse nuestras pieles retozamos un rato en la cama, mientras me platicaba de los diversos obsequios que le habían dado.

Finalizada la enorme lista, tomados de la mano, caminamos hasta llegar a la regadera. La casa estaba envuelta en un silencio fantasmal y sentí que era conveniente abandonarla. Reparando que el agua aún escurría de mi cabello, salí de la ducha y le ordené a uno de los muchachos que subiera los regalos a la nueva camioneta de mi mujer. Aprovecharía que ella tardaba demasiado en vestirse para bajar a la sala en busca de Amado.

Teniendo el último escalón detrás de mis pies, Jacinta, quien se hallaba revisando que la casa estuviera perfectamente limpia, me informó que su patrón ya no se encontraba en el rancho desde la mañana. Al escuchar la respuesta del ama de llaves, estaba por trasladarme a la casa del jardín, cuando escuché que Refugio venía bajando por las escaleras; esa situación me obligó a callar y, acompañado de mi esposa, caminé hasta donde se encontraba la camioneta. En una hora estaríamos en casa.

La abrupta frenada que Agustín tuvo que realizar, por la culpa de un microbús que paró intempestivamente, provocó que el abogado abriera los ojos y mirara la fuente de petróleos. Al reconocerla, supo que se encontraba cerca de la residencia de su amigo y cerró los ojos nuevamente.

El lunes siguiente a la fiesta, alrededor de las siete de la mañana, mi esposa me hizo salir del sauna para atender una llamada telefónica: alguien había intentado hacerse pasar por Amado. Me acuerdo que al contestar, una voz empezó a gritar de manera alterada diferentes frases que no podía ligar y eso me desesperó; por suerte, antes de colgar miré en el identificador el número y observé que la llamada provenía del celular de mi amigo.

—¡No entiendo lo que me dice, hable más despacio! —exclamé al no comprender lo que me gritaba.

—¡Lo mataron! ¡Lo mataron!

—¿De quién me hablas, a quién mataron? —insistí.

—¡Ayúdeme, por favor!, ¡está aquí, en la cama!

Tras varios intentos, mi oído logró identificar al portador de la melódica voz: era el Abuelo.

—¡Cálmate, cabrón! —le ordené al secretario de Amado.

—¡Le digo que mi patrón, don Amado, ha muerto!, ¡lo mató algún hijo de su puta madre!, ¿no?

No he de mentir que al principio la noticia me congeló, pero cuando miles de dudas empezaban a emanar de mi cabeza, fui interrumpido por el lugarteniente de los Carrillo.

—¿Tons, qué tranza, mi abogado? El Vicente no me parla por el celular y, acá, la prensa ya le cayó, ¿no?

—¡Puta madre!, ¿en dónde estás?

—En el hospital Santa Mónica, cuarto cuatrocientos siete, ¿no?

—¿El cuerpo de Amado está contigo?

—¡Simón! Aquí anda.

—No te muevas, voy en camino.

Antes de colgar le ordené al Abuelo que tomara el hospital, de otro modo, corríamos el riesgo de que la policía se infiltrara y perdiéramos el control.

Después de veinte minutos de camino, dimos finalmente vuelta en la calle San Luis Potosí, en la colonia Roma, y supe que era momento para comunicarme con Vicente: por la cobardía de su hombre tenía que ser yo quien le informara que su hermano estaba muerto.

Como lo esperaba, aún no terminaba de darle el pésame al Viceroy cuando lo escuché llorar a través del celular, después gritar y por último bombardearme de preguntas. Eran tantas sus dudas y tan pocas mis respuestas, que terminé solicitándole tiempo para llegar al hospital e informarme de lo ocurrido. Vicente, quien no está acostumbrado a ese tipo de peticiones, colgó como respuesta ante mi solicitud.

Paladeando el mal sabor que me dejó dar la trágica noticia, pasé frente al hospital y lo primero que noté fue la presencia de algunos reporteros, así como de policías preventivos. La federal aún no llegaba al lugar y eso me daba algunos minutos más. Por indicación mía, Agustín metió el automóvil al estacionamiento del Vips; con el motor aún encendido, el celular sonó un par de veces y, como pensé que se trataba del hermano de Amado, contesté rápidamente.

—¿Vicente?

—¡No, patrón! Soy Oscar.

—¿Qué pasa?

—Informarle que estamos acá y pronto iremos allá. En donde se encuentra —al escuchar las palabras de mi jefe de escoltas giré la cabeza y descubrí que me encontraba sin protección.

Vapuleado por los nervios, busqué distraerme de esta molestia y le llamé a mi secretario. Era hora de cerrar el negocio que me había encargado el señor C.

—¿Para qué soy bueno, Abogado? —me preguntó al momento del Valle.

—Ordénale a la gente de Tijuana que mate a Rochati.

—¿Cuánto les ofrezco?

—Deja que ellos pongan el precio, quiero las cosas bien hechas.

Observando las cenizas desbordarse del cenicero, mis escoltas arribaron al restaurante y aplicaron un discreto operativo. Sabían que por las circunstancias cualquier mal entendido podría desatar un enfrentamiento con la policía.

Aseguradas las entradas del estacionamiento, bajé del automóvil y platiqué con Oscar de lo que estaba sucediendo afuera del hospital. Necesitaba averiguar si con los hombres que contábamos, el número de armas y un buen plan, podíamos traspasar la seguridad. Teniendo las desniveladas cifras revoloteando en mi mente, entendí que no era una buena idea irrumpir a la fuerza en el edificio y comencé a planear la forma de entrar a la clínica.

Gracias a mi habilidad operativa, en cosa de diez minutos tenía escrito en mí agenda el plan que me haría llegar a una de las puertas de acceso; sabía que la gente de Amado controlaba el lugar y me bastaba con llegar a una de ellas para ingresar. Seguro de lograr mi cometido, le ordené a Agustin alquilar una ambulancia, mientras llamaba al Dr. Angelino a su consultorio: necesitaba ir preparado para cuando las autoridades nos detuvieran en el retén.

De acuerdo a mis cálculos la ambulancia tardó alrededor de veinte minutos en llegar, para ese momento, el doctor ya me había colocado diversos aparatos ortopédicos y vendajes; así que, aparentando de la mejor manera un estado de gravedad, ingresé a la unidad. Acostado en la camilla, Oscar se acercó a mi lado para recibir las últimas instrucciones y miró el disfraz que me había fabricado. Después de que mi jefe de escoltas calculó el riesgo que corría, me solicitó permiso para viajar en la cabina de la ambulancia. Al escuchar la propuesta de mi hombre, y sabiendo que su presencia podría complicar la operación, le negué la autorización.

Llevando la sirena a todo volumen, la unidad realizó un par de invasiones al carril de contra flujo y no se paró en cuatro señales rojas. Con tres kilómetros andados y desandados, la ambulancia se detuvo finalmente ante el reten que, para esas horas, ya había montado la federal.

—¿Qué haces aquí, cabrón?, ¿acaso no sabes que el hospital ha sido tomado y nadie puede entrar? —escuché que le preguntaban al chofer al detenerse.

—Sí, pero es una situación de vida o muerte y...

—¿De vida o muerte?, ¿de qué me hablas, pendejo? ¡A ver, dame las llaves de la puerta trasera!

—Le digo que es una situación de vida o muerte, el paciente viene con diferentes contusiones en el cuerpo y una posible hemorragia en el estómago bajo.

Sin importarle si la respuesta era falsa o no, el federal caminó a la parte trasera del vehículo y oí que en el trayecto desenfundaba su arma.

—¡Cuándo abra la puerta todos se ponen vergas! —le ordenó el comandante a su gente, cuando su mano ya se encontraba girando la manija.

Tras el fuerte estallido de lámina con metal, el rostro del Dr. Angelino se asomó del interior de la ambulancia; al verlo, las ametralladoras cortaron cartucho y los gritos de hombres encapuchados se escucharon alrededor de la unidad.

—¡Alto!, ¡tranquilos! —gritó el comandante al darse cuenta que la situación estaba controlada—. ¿Y usted quién chingados es, amigo?

—El médico a cargo, oficial.

—¿El medico a cargo? ¡A ver, présteme su identificación, mientras me explica qué hace un médico acompañando a un accidentado!.

—Aquí tiene y el paciente es mi amigo. Por eso vengo con él —le contestó Angelino, mientras veía como revisaban sus credenciales.

Con la puerta nuevamente cerrada, la ambulancia llegó a la entrada de urgencias en donde, al bajar sin disfraz, cinco de los hombres de la escolta personal de Amado dieron fe de mi presencia y cierto alivio se reveló en sus rostros.

X

Sin que lo solicitara, cuando terminé de poner al tanto a los hombres de la situación, Doroteo, segundo al mando, me indicó como llegar al cuarto 407 para ver al Abuelo: el secretario de Amado ya estaba informado de mi llegada.

Después de hacer un breve recorrido por el hospital, resolví que ya era momento de ir a ver el cuerpo de mi amigo, así que, tras subir por las escaleras hasta el tercer piso, tome el pasillo que me llevaría a la habitación funesta. Desde lejos, cien o doscientos metros, observé al secretario de Amado parado junto a la puerta vistiendo sus inseparables pantalones Versace, su tenis Nike, una chamarra de piel Boss, las gafas Ray Ban, una Cuerno de chivo colgando del hombro derecho, cinco granadas sujetas a su cintura y la inseparable 45 Comando se encontraba abrazada por sus dedos.

Contrario a lo que tenía planeado, cuando me encontré frente al gatillero procuré no demostrar la bélica conducta que había decidido asumir; después de saludarlo cordialmente, le solicité entrar a ver a mi amigo. No sé si la causa de que retomara mi plan fue por culpa de la pequeña sala roja que vestía la habitación, el corto baño, la antigua televisión de madera, la metálica cama en donde se encontraba el cuerpo de Amado. Lo que haya sido, el caso es que tomé el arma de mi cintura y le apunté al pistolero.

—¿Cómo chingaos pasó esto, Abuelo? —grité al cerrar la puerta—. ¡Respóndeme o te mueres, puto! —sin tener un motivo real que justificara mis acciones, sostenía el calibre 32 en su cabeza.

Atemorizado por mi impulsiva conducta el Abuelo dio un paso hacia atrás, por suerte, me percaté rápidamente del error que estaba cometiendo y bajé el arma. Dejando la 32 sobre la mesa de centro, realicé una exhalación profunda y le pregunté sobre lo que había ocurrido.

—¡Te pasas, abogado! —exclamó molesto el gatillero al verme muy tranquilo—. La neta yo supe de la muerte del patrón, a eso de las seis de la mañana, ¿no? A esa hora, el Socio y yo *wachabamos* la tele en la sala cuando un doctor llegó a verlo; con el cuerno en mis manos, luego, luego que mi secretario lo catea, ¿no? Ya *basculeado*, fue que le dimos viada pa'que checara al patrón; eso sí, siempre estuvimos acá, ¿no? Bien al pedo *wachando* lo que hacía y con el fogón en la temblorosa. Pa'lo que se ofreciera, ¿no? La cosa es que de pronto, el doctor se puso bien piradote y el sudor le corrió por toda su jeta; a la vista se veía que algo ocurría, ya que no dejaba de golpear el pecho del patrón una y otra vez, ¿no? Al licar aquella finanza, el Socio que le afina en chinga el cogote a la tartamuda; cuando ya estaba por meterle tres en la frente al doctor, lo detuve. Sabía que la cosa estaba caliente y algún güey tendría que cantar sobre este desmadre, ¿no…?

—¡Permíteme, Abuelo! —le indiqué al gatillero cuando el sonido de un helicóptero, sobrevolando el hospital, nos hizo saber que los militares ya se encontraban rodeándonos.

—¡En verdad era un caos, abogado! Es más, si hubiera licado los raspadius que los de blanco le repartían a las morras seguro le hubiera entrado la calentura —sin importarle la solicitud que había hecho, el Abuelo siguió relatando lo ocurrido—. Lo malo, es que en el desmadre que se les pela mi patrón y…. —un par de golpes en la puerta interrumpieron nuevamente al Abuelo, quien rápidamente le quitó el seguro a su arma y se asomó por la mirilla.

A tiempo, el Socio había ido a remitirle un actualizado informe de la situación dentro del hospital. Al tener la hoja entre los dedos, el gatillero cerró la puerta y revisó el plano entregado por su secretario. Cuando terminó de leerlo, y con la mirada puesta en el horizonte, el Abuelo caminó hasta donde me encontraba y dejó el papel sobre la mesa.

—Como le decía, uno a uno los interrogué, pero como nadie soltaba la sopa, que…

—¡Qué los matas! —grité, como respuesta a la ofensa que el gatillero me había hecho al aventarme la hoja.

—¡Nel, abogado! ¿Qué pachó con usted? Jamás nunca cometería semejante pendejada. Al contrario, ahí se los tengo en el baño bien amarraditos, ¡digo!, por si los quiere interrogar, ¿no?

Evitando disculparme con la mierda esa, caminé hasta la ventana y miré los alrededores del hospital. Como lo pensaba, el paisaje no resultó ser nada alentador: cerca de doscientos soldados cubrían el largo y ancho de la calle, y una docena de francotiradores, colocados en los edificios aledaños, estaban listos a disparar.

—Desata a los médicos y siéntalos en el sillón, Abuelo. ¡A ver si con unos madrazos averiguamos que tanto saben estos putos!

Sin contestarme, a los pocos minutos el ruido generado por los doctores, al golpearse la cabeza con los respaldos de los sillones, regresó mi pensamiento a la habitación. Contemplando los rostros cadavéricos de los hombres de blanco, caminé hasta donde se encontraban sentados y les sonreí al colocarme frente a ellos.

—¡Eh…, buenas tardes! Soy el doctor Antonio Valencia y mi compañero es el doctor Sergio Ramos —sin que se lo ordenara, uno de los médicos empezó a hablar.

Contemplando su estúpida cara de niño consentido, cogí una de las tazas de café puestas en la mesa, al ver que se encontraba llena, le di un sorbo a la tibia bebida y se la arrojé por encima de su cabeza.

—¡Mira hijo de tu pinche madre, creo que no has entendido en que pedo estás metido! ¡Ya valiste madre, cabrón!, así que mejor empieza a obedecer o te mató de una vez —ante el tono grave de mi voz, el Abuelo colocó el frío metal de su arma en la sien del doctor—. ¡A ver, puto, empieza a contarme que chingados ocurrió aquí! —le ordené a Valencia, mientras encendía uno de mis habanos.

—Es que nosotros… digo yo, yo, yo sólo puedo informarle de, de, de lo que viene escrito en, en, en el informe médico. Por desgracia, entré en el primer turno de la mañana y, y, y no sabría decirle más. La operación a la que, que, que fue sometido su amigo, la realizaron los Drs. Ricardo Rincón, Jaime Singh y Cesar Meljem y… y, y nosotros no pertenecemos a su equipo.

Por el miedo que el arma le provocaba, el médico empezó a hablar como Porky, para ser honesto, eso no me importó. Al contrario, la información que estaba develando el hombre de blanco me obligó a cuestionar al secretario de Vicente.

—¿Qué sabes de los doctores que menciona el pinche mata sanos, Abuelo? —al oírme el gatillero bajó la pistola, clavó su mirada en mis ojos y me informó que los tenía en la casa de Topilejo guardados y custodiados por nueve hombres de su confianza—. ¿Y ya los interrogaron?

—¡Uy, abogado! Hasta verdes los dejaron mis hombres de tantos toques en los huevos, ¿no? Me cae que las catrinas de don Amado, no son esos putos, ¡es más!, diría que ni ellos se imaginaron que esto ocurriría, ¿no?

La afirmación que el Abuelo hizo me sonó infantil, pero si alguien era capaz de sacar información a través de la tortura era este cabrón y su gente. Por mi silencio, el gatillero me preguntó si los mataba o qué chingaos hacía con los médicos. Como en ese momento el par de pendejos ya no me servirían, busqué con un grito terminar de atemorizar a los juniors.

—Dile a tu gente que los mate y... ¡Espera! Voy mandarle un mensaje al que hizo esta chingadera así que diles a tus hombres que pinten unos tambos con los colores de la bandera y las iníciales PGR en ellos. Después, con tres tiros en la cabeza y la verga metida en sus bocas, tírenlos en la carretera del Sol —con aquella orden, les hice saber a los doctores lo que les esperaba si no cooperaban abiertamente.

Seguro del efecto que mi plan había causado en ellos, le indiqué a Valencia que me explicara por qué estaba muerto mi amigo.

—Como usted lo sabe Antonio Flores Montes ingresó al hospital hace dos días y, por lo delicado de las operaciones a las que sería sujeto, se le realizó un último chequeo —me empezó a explicar el doctor mostrando menos nerviosismo en la voz—. Después de verificar que el paciente se encontraba en óptimas condiciones, fue llevado a la sala de operaciones donde se le practicó una rinoplastía, una ritidectomía, una blefaroplastia, un implante de prótesis en el mentón, una liposucción de abdomen y... —una vez más, el ruido estridente de la calle provocó que ahora Valencia enmudeciera su ceremonioso discurso.

—¿Y qué pasó luego, muchacho? —le pregunté al internista para que saliera del trance que el miedo le había ocasionado, y me siguiera contando lo ocurrido.

—¿Cómo?

—Que termines de contarme qué más pasó.

—Pues, tras una operación que duró cerca de nueve horas, el paciente salió del quirófano a eso de las cinco de la tarde y, como sus signos vitales eran estables, no fue necesario llevarlo a terapia intensiva; además, él contaba con los aparatos necesarios en su habitación para una emergencia. Como puede ver en el reporte médico, Antonio Flores tuvo tres visitas médicas a lo largo de la noche, la última alrededor de las once por parte del doctor Jiménez, quien lo encontró con los típicos malestares postoperatorios. Me imagino que al terminar de revisarlo, y con la intención de que el paciente durmiera tranquilo, fue que el doctor le aplicó una dosis de Dormicum.

—¿Dormicum? —en ese momento de la plática la expresión de mi rostro dijo más que la duda expresada y Valencia adelantó los hechos

—Calculo que alrededor de las dos de la mañana el medicamento reaccionó de manera contraria a la esperada y le causó un ataque cardiaco a su amigo; por eso, cuando realicé la primera ronda del día, me encontré con la novedad de que el paciente no respiraba. Al darme cuenta de ello, realicé el procedimiento de reanimación, Sergio, mi colega, a petición mía se sumó a la urgencia y me apoyó en una causa de por sí ya perdida... —al escuchar esa parte de la historia, interrumpí a Valencia y le pregunté qué había pasado con el aparato encargado de vigilar los signos vitales de Amado—. Su amigo tenía puesto el aparato en el dedo índice de la mano derecha y esa fue la razón por la que intenté revivirlo. Por alguna extraña razón la máquina marcaba signos vitales en el paciente.

—¿Me estás diciendo que alguien alteró la máquina?

—No sólo la alteró, además le inyectó previamente un medicamento que, al mezclarse con el calmante, le ocasionó una reacción mortífera. Ese es el motivo de que tenga el rictus de dolor tan marcado.

Sin que el doctor lo imaginara su afirmación traerá graves consecuencias a los dueños del hospital. Vicente, al enterarse de que Amado agonizó antes de morir, mandará matar a cada uno. Seguro de no necesitar más información, me levanté del sillón y tomé del hombro a ambos doctores. Temía que la tierra se abriera antes de tiempo y les indiqué que se incorporaran a las labores del hospital.

Sosteniendo la puerta de la habitación, le ordené a Valencia que me preparara el acta de defunción de mi amigo. En cuanto dejé de apretar el tembloroso hombro del medico, ambos partieron a toda velocidad, mientras el gatillero, a indicación mía, desataba a las enfermeras y las dejaba salir del frío baño donde se encontraban recluidas. Por la crítica situación que vivíamos, también era necesaria su labor en las demás habitaciones.

XI

QUEDANDO EL ABUELO, Amado y yo morando dentro de las cuatro paredes descoloridas, le pedí al hombre de Vicente platicarme más ampliamente del escenario que nos esperaba. Sin omitir detalle, el gatillero me informó la ubicación de cada uno de sus hombres y de las opciones de escape que teníamos. Consciente de que la desventaja era notoria, decidí utilizar la ambulancia como señuelo. El cuerpo de Amado se instalaría en terapia intensiva y los hombres saldrían en una supuesta liberación de rehenes que acordaría con los federales.

Mientras me encontraba explicándole el plan al Abuelo, un golpe firme en la puerta regresó la tensión a la habitación; tras un breve sobresalto, me asomé por la mirilla y observé que se trataba de Valencia quien llevaba en sus manos un fólder. Sin darnos cuenta, el tiempo se nos había acortado y era momento de avisarle a Vicente que dejaría el cuerpo de su hermano en el hospital.

Sosteniendo el acta de defunción con mi mano izquierda, tomé el celular y me comuniqué con el capo quien, al estar al tanto de mi plan, me ordenó darle el control a su secretario. Antes de colgar, el Viceroy me informó que ya podía irme a mi casa, más tarde él se comunicaría conmigo. Teniendo la ventaja de saber que no era una persona grata para el hermano de Amado, evité convencerlo y tomé mi saco. Lo más prudente sería despedirme de mi amigo y abandonar el hospital.

—Siempre te llevaré conmigo, Amado. Sabes bien que sólo te me adelantas, pero ya nos veremos pronto, cabrón —murmuré al estar frente a su cuerpo.

Dejando que una lágrima lubricara mi ojo, recordé las innumerables noches de bohemia que pasé en su casa o las veces que acudía puntual a los restaurantes lujosos para cerrar algún negocio. Recordé, sobre todo, la noche que saliendo de una reunión con el presidente Manuel Bellatin cogió mi brazo y me dijo "Si de algo puedes estar seguro, abogado, es que soy el hombre más rico de México. Tú pídeme lo que quieras que no podré negártelo". Sabía que él no bromeaba al decirme eso, pero aún así nunca le pedí nada. Amado era mi amigo y así también él me consideraba.

Con los ojos borrosos y el semblante empobrecido, finalmente salí del cuarto 407 y caminé por el pasillo hasta llegar al ascensor; al ir viajando en él, sonó mi celular un par de veces. Gracias a mis buenas relaciones, una voz amiga hizo de mi conocimiento que dos horas atrás un grupo de federales habían penetrado por el sistema de ventilación y controlaban el sótano. Justo donde se hallaba el sistema de vigilancia. Al saber que estábamos sobre una bomba de tiempo busqué negociar la salida de la gente y le marque a Arturo S. Era un hecho que perdería el cuerpo de mi amigo, pero al menos buscaría sacar a nuestra gente del hospital.

—No hagamos una tontería, teniente, permíteme darle santa sepultura a nuestro querido amigo —le solicité al particular del procurador en cuanto me tomó la llamada.

—Lo que me solicitas no está en mis manos, abogado; pero, para que veas que te estimo, te doy quince minutos para que salgas y nos dejes realizar nuestro trabajo —insistió el teniente buscando acotar los caminos que podía tomar.

Aprovechando el conocimiento que tenía sobre las conductas de los militares, le solicité media hora para realizar algunas llamadas y fijar la postura de mi gente. Él, hombre con mucha experiencia en este tipo de situaciones, al escuchar mi solicitud me indicó que le pediría al licenciado Villalobos contactarme.

—¡Ya valió madre, Vicente! —exclamé al oír la voz del capo en el radio—. Arturo S., me ha informado que, a través de las cámaras del hospital, ven nuestros movimientos. ¿Qué hago?, ¿negocio la salida de la gente y me olvido del cuerpo de tu hermano, o veo que los muchachos se atrincheren antes de que los maten estos cabrones?

—¿Cuántos hombres necesitas para sacar el cuerpo? —contestó rápidamente el capo con la idea de que su voz atropellara mis preguntas.

—Nunca seremos más que los militares, Vicente. Ellos son un chingo y los muy cabrones no quieren negociar.

—¡Pos a la verga, compa, tú decide! Finalmente estás allá y mejor que nadie sabes cómo andan las cosas —me indicó el Viceroy al darse cuenta que no teníamos más opción que entregar el cuerpo de su hermano.

Teniendo nuevamente el mando de la operación, guardé el celular en la bolsa del pantalón y caminé de regreso al elevador; al estar a unos pasos de abordarlo, un ruido ensordecedor hizo vibrar los cristales y varias rondas de ametralladora hicieron su aparición. Escuchando las balas rebotar en los muros del hospital me tiré al suelo, desde ahí, miré a nuestros hombres repeler una tanqueta militar que buscaba traspasar la puerta principal del hospital. Consiente que las balas de los Cuernos de chivo no atravesarían el blindaje de la unidad y disparar la bazuca traería daños colaterales, le grité a los muchachos que tomara uno de los rehenes y se acercara a la puerta sujetándolo del cuello: una mujer blanca, de aproximadamente uno sesenta de estatura, quien vestía ropa de marca y zapatos nuevos, fue la elección del gatillero. Como se lo había indicado, Jacinto sacó la cabeza de la joven por la puerta y le disparó en la nuca un par de veces. Oyendo los casquillos rebotar en el suelo, la banqueta se cubrió de sangre y el general, a cargo del operativo, al ver el cuerpo de la victima dio la orden de detener el ataque.

Dejando el lobby del hospital en una tensa calma, llegué a la habitación de Amado y le indiqué al Abuelo reunir a los primeros diez hombres en uno de los quirófanos del hospital: confiaba que en tan lúgubre sitio no seríamos observados por las cámaras. Después de que mi orden fue cumplida, tomé el celular del saco y le marqué a al secretario de procurador; a pesar de su traición, era mi único contacto con el gobierno.

—El trato que tengo autorizado es el siguiente, teniente.

—¡Ya ni la chingas, cabrón! ¡Esa muerte fue innecesaria! —me recriminó el militar en cuanto escuchó mi voz.

—Como el ataque —le repliqué sabiendo que no podía dejar que me culpara por lo sucedido.

—¿Dime qué pretendes, abogado?

—Déjame salir con toda la gente que me acompaña y te dejo el cuerpo de Amado en el hospital.

—Déjame consultarlo con el procurador y te aviso.

—Ok, espero tu llamada.

Adelantándome a los acontecimientos y a una respuesta lógica por parte de Villalobos, quien hasta el momento no se había puesto en contacto conmigo, le ordené a la gente desarmarse. Había tomado la decisión de sacarlos, ya fuera vistiendo ropa de mantenimiento, de camilleros, ¡como fuera!, pero iban a salir escondidos entre los rehenes que liberaría.

Como lo había previsto, justo a las cuatro de la tarde los primeros cinco gatilleros salieron escondidos entre una cuadrilla de albañiles que laboran en el arreglo del piso. Al pisar los hombres la banqueta, un grupo de judiciales los rodeó y, tras una exhausta revisión e interrogatorio, finalmente Rigoberto, Anastasio, Alejandro, Arturo y Roberto, caminaron en dirección al Vips en donde los aguardaba Oscar. Con ésta y otras maneras de vestir, fue como salió el resto de los hombres siempre bajo el escrutinio de la judicial y la mirada inquisidora de los francotiradores del ejército.

—Dime, teniente, ¿qué buenas nuevas hay? —le pregunté al militar en cuanto la liberación de rehenes culminó y sólo restaba saber la decisión que había tomado el gobierno.

—No muy buenas, sólo tú puedes salir de ahí.

—Veo que de nada valió dejar salir un centenar de personas, Arturo. Pero sí así están las cosas podría pedirte por lo menos un favor —le insistía la militar dando inicio a la segunda parte de mi plan.

—Mientras no me solicites llevarte el cuerpo.

—Déjame salir con uno de mis hombres.

—¿Eso es todo o quieres también un helicóptero? —contestó con tono burlón a mi solicitud.

—¡Un hombre, teniente, eso es todo!

—Te doy cinco minutos para que te pierdas de mi vista, cabrón —complacido porque las cosas salieron como las había planeado, le indiqué al Abuelo que me alcanzara en terapia intensiva.

Tras comprobar que el cuerpo de mi amigo ya contaba con todos los aparatos que disimularan de quien se trataba, abandoné junto con el gatillero el lugar. Al ir circulando sobre el Viaducto, Arturo S., quien ya había ingresado al hospital, me marcó al celular para reclamarme que los hombres ya no se encontraban en el recinto. Al final de la llamada, me hizo saber que el cuerpo de Amado ya estaba en su poder.

XII

Justo al terminar el recordatorio, José Ángel López Lorenzana arribó a la calle Bosques de Duraznos y le informó a su equipo de escoltas que lo aguardaran afuera de la mansión: la presencia de gente armada merodeando los jardines sería una descortesía de su parte.

En cuanto el abogado notificó su llegada, las dos enormes hojas de madera, que conformaban el portal, se abrieron y pudo observar la hermosa vista que le ofrecían los rosales multicolores a los laterales del camino. Al llegar a la puerta principal, le ordenó a Agustín detener el auto. Por la hora sabía que no era necesario estacionarse en el lugar de las visitas.

Aparentando cierto sosiego, Lorenzana siguió al mayordomo hasta la biblioteca en donde ya lo aguardaban. Al escuchar el *clic* de la cerradura, Gilberto desatendió su lectura y, dándole un gran abrazo, lo invitó a sentarse a su lado.

Libres de la presencia de Alfonso, maestro y alumno platicaron de la situación que se vivía en el país, principalmente, enfatizaron sobre la serie de llamadas del presidente al embajador americano. Mientras conversaban, José Ángel observó que su amigo, a pesar de tener sesenta años de edad, lucía entero y con escasas arrugas en el rostro. Su pelo cano contrastaba con el azul de sus ojos y una agradable sonrisa lo hacía ver más joven.

—¡A ver, Pepe! ¿Dime qué asunto tan importante te trajo aquí? —preguntó finalmente el magistrado al estar las copas de coñac puestas en la mesa.

—El cuerpo de Amado, maestro. Ayer lo tuve que entregar a los federales y su familia me está presionando para que se los devuelva —al escuchar el problema que tenía su viejo alumno, Gilberto miró el piso con cierta preocupación, pero con el brillo esperanzador que lo ha caracterizado a lo largo de su vida—. Desde ayer he estado platicando con mis contactos y no he conseguido nada, así que maestro, usted es el as de mi corta baraja —al escuchar el apelativo que le había otorgado su alumno, Coviza dibujó una callada sonrisa, mientras le daba un trago a su copa y miraba su contenido: como si en el fondo del fino vidrio fuera a encontrar la solución.

Motivado por la escena, el abogado recordó la primera vez que recurrió a su maestro. Tendría alrededor veintitrés años de edad y acababa de poner su despacho en una prestigiosa colonia de la ciudad de México. Fueron tiempos en los que conoció a Amado Carrillo.

XIII

POR CAPRICHOS DE LA VIDA no fui aceptado en la facultad de Filosofía y Letras sino en la de Leyes, situación que me llevó asistir los siguientes cuatro años a la ENEP Acatlán. Con la obsesión de ser escritor latente, durante el primer año de la carrera intenté, en más de una ocasión, hacer mi cambio a la de Letras. Tras ser rechazado un par de veces y siguiendo los consejos de mi madre, decidí titularme como licenciado en Derecho. Aunque parezca extraño, no sólo fui un buen estudiante sino además uno de los promedios más altos de la universidad; de ahí que el 11 de septiembre de 1976, ya en el último año de la carrera, fui elegido consejero universitario. Sin sospecharlo, ese logro me colocó al frente de uno de los conflictos más importantes de la educación pública en México: el intento por parte del gobierno de cobrar cuotas altas en universidades públicas.

Como era de esperarse, la UNAM resultó ser el principal bastión de la sociedad; por ello, entre gritos, injurias y desmadre, asumí el rol de líder y estratega político de mi facultad.

Sin notarlo, durante los tres meses que duró el conflicto fui observado por uno de los tantos soplones que gobernación tiene a su cargo, quien día a día, hora tras hora, daba informes de mis actividades a los altos mandos de la Secretaría de Gobernación; convirtiéndome a temprana edad, en uno de los tantos expedientes con los que cuenta Gobernación. Finalmente, entre futuros guerrilleros, políticos, intelectuales, profesionistas, etcétera, llegó a su fin la huelga.

Dos semanas después de aquellos sucesos, el maestro Ricardo Sanz, quien fungía como jefe de asesores del Profesor Cesar Lugo González, regente del Distrito Federal, me invitó a laborar en el departamento de prensa. Si no mal recuerdo, el cinco de mayo del setenta y ocho fue mi primer día de trabajo: consistía en subir y bajar diversos oficios para que el regente los firmara.

Con mi ambición frustrada durante meses, una tarde decidí arriesgar mi trabajo y, mientras el sol golpeaba los ventanales del edificio, subí al despacho del Profesor por unos documentos; como lo había planeado, en cuanto vi la maceta seleccionada tropecé voluntariamente con ella y uno de los sobres vació su contenido. Para mi sorpresa, al levantar las hojas descubrí que se trataba de uno de los discursos que Cesar Lugo pronunciaría al otro día en la Cámara de Diputados. Alimentando por el temor, leí las doce hojas un par de veces y descubrí, para mi sorpresa, una serie de imperfecciones tanto ortográficas como de estructura gramatical.

El día que el editor de prensa descubrió las correcciones, que durante dos meses realicé de sus escritos, me había vuelto una persona indispensable y el Profesor, en persona, me otorgó el cargo del despedido Antonio Gervasio. Aquel día descubrí que no basta con desear las cosas, sino además, saber cuándo pedirlas. Por el exceso de responsabilidades, mi vida se complicó rápidamente y tuve la necesidad de emplear horas de la noche para terminar mi tesis; por esa razón, vistiendo la mirada de una persona de cuarenta años, el treinta de enero del setenta y nueve, día en el que cumplía veintitrés años de edad, presenté el examen de titulación.

Tras un par de horas de pretenciosos conocimientos jurídicos, exhibidos de mi parte, el escrutinio finalizó. Al salir del aula, emocionado por la calificación obtenida, tropecé con el maestro Borbolla Coviza, quien sorpresivamente me dio un caluroso y breve abrazo al felicitarme por la mención de honor conseguida.

—Ahora sí, abogado. Te espero el lunes en mi despacho para mostrarte la escalera que conduce al poder —me murmuró al despedirse.

Portando un traje azul y oliendo a loción para después de rasurar, el lunes a primera hora visité la oficina de mi maestro ubicada en la colonia San Ángel. En cuanto me tuvo frente a él, me interrogó brevemente sobre las funciones que desarrollaba en el GDF; finalmente, ordenó que pasaran un par de licenciados que aguardaban en la sala de juntas.

Con las presentaciones hechas, platicamos durante algunos minutos de frivolidades sociales, políticas, etcétera, nada inusual en este tipo de reuniones. Fue hasta que la taza del café quedó vacía, cuando mi maestro me informó que los licenciados eran gente de la Secretaría de Gobernación y estaban interesados en platicar conmigo. Grande fue el esfuerzo que realizaron los burócratas para convencerme que aceptara el empleo que me ofrecían; adversamente, un par de argumentos que expuse fueron suficientes para que entendieran que no lo haría.

Para sorpresa mía, al escuchar mi postura Gilberto soltó tremenda carcajada y me dijo que los licenciados no habían sabido explicarse. Sirviéndose un poco más de café, Borbolla me comunicó que el interés de la Secretaría de Gobernación, hacía mi persona, era por la posición que ocupaba como editor del GDF. El trabajo que me proponían consistía en elaborar un reporte semanal de los movimientos y reacciones del Profesor a los hechos políticos. Como era predecible, por la formación de izquierda que adopté en la universidad, la petición hecha por Mendoza y Jiménez me molestó y los miré fijamente a los ojos; contrario a lo que mi semblante ensombrecido les hacía saber, le mencioné a mi maestro que por el exceso de trabajo el tiempo no me alcanzaba para tener más de un empleo.

Incomodo por la necedad que mostraba, Gilberto tomó mi brazo y me condujo hasta el otro extremo de su despacho, justo a un costado de la cantina. Mostrando la calma que lo caracteriza, se sirvió una copa de whisky y miró el contenido. Después de terminar su trago, me confesó que la misión, a la que era invitado, la había ordenado el presidente en persona. Como mi maestro lo calculó, sus palabras me convencieron y acordé con Mendoza los términos de mi contratación; concluida la cita, tomé mi saco y salí del despacho rumbo al trabajo.

De acuerdo a lo firmando, los siguientes meses entregué a la Secretaría de Gobernación un reporte puntual de Cesar Lugo Gonzales; desafortunadamente, como ocurre en todas las cosas mal planeadas, el quince de mayo de mil novecientos setenta y ocho, un año posterior a mi contratación, el trato con gobernación entró en una crisis y me vi obligado a solicitarle una audiencia urgente al Profesor: por una fuga de Gobernación, cierto informe que les había entregado de las relaciones de Cesar, con una vedette, llegaron a manos de ciertos periodistas amarillistas.

Tras aguardar una hora sentado en uno de los sillones del recibidor, Graciela, la secretaria del Regente, me indicó que sería recibido. Parado dentro del despacho del Profesor, el miedo hizo que le informara inmediatamente de la situación en que me encontraba. Al principio, Cesar se limitó a escuchar mi confesión con la mirada guardada en la ventana que daba a la Plaza Mayor; tras cinco minutos de un intenso monólogo de mi parte, cortó mi actuación y me ordenó que le sirviera una copa de coñac.

Hasta la fecha no he sabido ni cómo ni desde qué momento de la plática entró al despacho el mismísimo general Bruno Durok, o como se le conoce en el medio, el Quemado Durok, quien me miraba como si la muerte penetrara por mis venas a través de sus ojos.

—¡Mira, puto! ¡No sé si tienes muchos huevos o de plano me crees un pendejo al decirme esto!, ¡pero ya te cargó la chingada, cabrón! —me dijo el Profesor en cuanto dejé la copa en su mano.

Consciente de que mi vida pendía de las palabras que eligiera, busqué darme un poco de tiempo y dirigí mi tembloroso cuerpo a la cantina.

—¡Si gustas toma un habano, puto! —gritó Durok al ver que me servía una copa de whisky.

Evitando cuestionarme si la oferta era una broma o no, tomé uno de los puros que se encontraban en una fina caja de madera y respiré profundamente al encenderlo. En cuanto Lugo miró mi osadía, soltó una estruendosa carcajada que inundó la habitación. Al escuchar como su amigo se ahogaba de la risa, el general, quien era portador de un carácter violento, tomó mi conducta como un agravio a su persona y me encañonó con su 9mm. Para mi buena fortuna, el Profesor, quien miraba los ojos rojos del Quemado, caminó hasta donde estaba sentado y me tomó del hombro. Seguramente no deseaba que, en un arranque de locura, su amigo dejara mis sesos regados en sus caros sillones de piel.

—A ver, abogadito, tienes dos minutos para explicarme todo este desmadre antes de que te mande a matar. Así que aprovéchalos.

Espantado, pero firme, le comuniqué al Profesor que había actuado de manera imperdonable. Él me brindó, meses atrás, toda su confianza y cometí la pendejada de traicionarlo. Para ese momento de la charla, la mirada de Lugo había cambiado y una arruga, que emanó de su frente, me hizo saber que contaba con su plena atención. Como el tiempo lo obligaba, le expliqué a mi jefe detalladamente la forma en que nos aprovecharíamos de esta situación y cómo filtraríamos, a través de mi conducto, información errónea de sus actividades.

—Ya nos estamos entendiendo, abogado. ¡Al fin esos cerdos aprenderán a no espiarme y sabrán quien manda!

—exclamó Cesar cuando los detalles de la operación quedaron concretados.

A los ocho días de la reunión, y como parte de la estrategia establecida, fui ascendido al puesto de Director de Prensa del Departamento del Distrito Federal. Enterado de mi promoción, y como lo esperaba el regente, la creencia que surgió en Gobernación, de que tenía acceso a los archivos privados del Profesor, provocó la ambición de Mendoza quien, durante los siguientes tres meses, le ordenó a su gente apoyarse ciegamente de mis informes. Tras una docena de operaciones fallidas, los mandos de la Secretaria me citaron en el despacho de Borbolla para que les explicara lo qué estaba sucediendo.

El lunes a primera hora, oliendo a jabón de mañana, aparecí en la oficina de mi amigo y Margarita, su secretaria, me acompañó a la sala de juntas en donde, al abrirse la puerta, mi mirada se encontró con el rostro de Mendoza.

—¿Cómo están las cosas en la Regencia, abogado? —me preguntó el licenciado al verme sentado frente a él.

—¿Qué me dijo?

—Le pregunté qué tal le iba.

Para evitar contestar la duda del funcionario, que además se me hacía inapropiada por las circunstancias, le comenté a Margarita que hacía tiempo no me platicaba sobre la remodelación de su casa. A pesar de la sorpresa que el comentario le causó, la experiencia que su trabajo le ha dado, mantuvo a la madura mujer a mi lado explicándome cada uno de los diseños arquitectónicos que iban naciendo en su casa.

Seguramente así hubiéramos llegado a la hora del almuerzo, pero cerca de las once de la mañana, Gilberto abrió la puerta acompañado de un hombre al que reconocí inmediatamente. Se trataba del subsecretario de gobernación Juan Gómez C., quien, tras recibir un abrazo de su subalterno, me fue presentado.

Sentados en la cómoda sala, la plática se situó en los informes que les había hecho llegar y de la inconsistencia de éstos; como era lo adecuado, escuché cada uno de los reclamos emitidos por Gómez C. sin interrumpirlo. Al darle el último sorbo a la taza de té, el silencio terminó y lo enfrenté.

—Sé muy bien cuál es su sentir respecto a mi actuación, señor subsecretario, pero usted entenderá que la fuga de información, que hubo en sus oficinas, me colocó en una situación de alto riesgo.

Pensar que un error de esta magnitud no sería sacado a la plática fue una falta de Juan C., quien sin ocultar su molestia, insultó a Mendoza. Evitando darle tiempo a Gómez de girar sus cañones hacía mi persona, le pregunté sobre su interés de recibir informes que él ya conocía. Como lo había calculado, aquella denuncia sorpresiva e inesperada provocó un estado de tensión entre los presentes.

—¡Vaya!, ¡vaya!, con mi amigo. Ya es todo un investigador —enunció Gilberto relajando la situación.

Al final de la plática, el subsecretario se comprometió a darme un jugoso aumento y cuidar que los informes que entregaba no salieran de su oficina; cualquier fuga de datos comprometía a la Secretaría de Gobernación a pagarme cinco millones de dólares y dar por terminado mi trato con ellos.

Como no pensaba volver a incurrir en el mismo error, al llegar a la oficina le solicité una audiencia a Cesar Lugo para informarle lo ocurrido. Sin ocultar su felicidad, el Profesor quedó tan complacido por la forma en que me había conducido, que me invitó a comer el sábado siguiente a su rancho.

XV

MANEJANDO MI BMW recién adquirido, el 13 julio de 1978 arribé alrededor del mediodía al rancho del Profesor, en cuanto bajée del poderoso automóvil, caminé no más de trescientos metros para llegar a donde se encontraban reunidas diversas personalidades de la política mexicana: gobernadores, senadores, diputados, procuradores, etcétera. Tras saludar a un par de amistades del trabajo, me senté en una de las sillas observando los soberbios movimientos de los presentes. Con algunos minutos de escrutinio, un rostro en particular llamó mi atención haciendo que la sangre elevara su temperatura: al fondo de la mesa, el licenciado Mendoza me brindaba un tibio saludo con su mano.

Al ver la estúpida propuesta del funcionario, me coloqué frente al criado de Gómez C. y le insinué que abandonara el rancho antes de que las cosas se complicaran para él. Viendo partir a Mendoza antes de que sirvieran la comida, le pregunté al gobernador de Puebla sobre la situación que estaban viviendo los pobladores de las sierras por las intensas lluvias. En realidad aquel tema no era de mi interés, pero sabía que conversar de los marginados siempre crea una buena imagen social.

Por envidias guardadas, el gobernador no contestó mis dudas y llevó a un terreno más peligroso la charla.

—Dime, abogado, ¿cuál es la opinión del señor regente por los embarques de droga que ha detenido el ejército en camiones de limpia de la capital?

—¿Droga? Jaja. Esas son notas de diarios amarillistas —le respondí a Alberto T.

—¿Tan seguro estás, abogado?

—Tanto que por eso trabajo con él —escuchando verdades mudas y conspiraciones en marcha, alrededor de las siete de la noche el Profesor dio por terminada la reunión e imitando a los presentes, comencé con el protocolo de los abrazos.

Teniendo las manos recargadas en la espalda del procurador de Chiapas, el secretario particular de Lugo me susurró que pasara a la biblioteca. A la fecha he de confesar que un gran temor me invadió al recibir aquella orden, así que, buscando controlar los nervios, le ordené a uno de los meseros servirme una copa de whisky.

Evitando que el temblor de la mano me delatara, coloqué el vaso vacío en la corta mesa de madera que se encontraba en la entrada y abrí la puerta.

XVI

Dentro de la biblioteca, dos personas que dialogaban cálidamente, al verme, guardaron silencio. Tras un par de minutos de estudio, los sombrerudos concluyeron que no era de cuidado y regresaron a su plática.

Aquel desaire me hizo saber que la única opción que tenía era mantenerme callado hasta que el Profesor arribara. Sentado en uno de los sillones, noté que ambos hombres vestían con hermosas chamarras de piel italiana, botas de pitón, cinturón con hebilla ancha y sombreros texanos. Informado del oficio de mis acompañantes, me surgieron un par de dudas que fueron olvidadas cuando Cesar apareció acompañado de Omar, su representante legal, y dos personas que respondían a los nombres de Manuel Camargo y Marco Prieto, quienes representaban al procurador y al gobernador del Estado de México.

Sentados alrededor del elegante escritorio de Cesar Lugo Gonzáles, uno de los sombrerudos llamado Pablo Acosta, alias el Pablote o el Zorro Plateado, tomó la batuta de la plática.

—Como le dije por teléfono, ya son demasiadas las veces que los militares no cumplen y eso nos está generando pérdidas millonarias —denunció Acosta, mientras el Profesor me ordenaba sentarme a su lado.

Manteniendo el estilo y la postura, mi jefe le informó al capo que el procurador del estado se encontraba atado de manos y las cosas se habían complicado por lo mismo.

—¿Esa información será una especulación, Profesor? —interrumpió Camargo al escuchar que el nombre de su patrón salía a la plática.

Sin responderle al impertinente hombre, Cesar les hizo saber al Pablote que el problema era la notoria participación del gobierno en negocios de droga. Tanto, que el presidente le dio la orden al secretario de la defensa de detener la mitad de los cargamentos que se habían autorizado.

—Mira, Pablo, no pensé que las cosas se complicaran de esta manera así que, de ahora en adelante, López Lorenzana, aquí presente, se encargará de estos asuntos. ¿Tienes algún inconveniente con eso?

—Por mí no hay problema, Profesor. La cosa es que se solucione todo, ¿verdad, Félix?

—¡Pos, sí, compadre! —respondió rápidamente el hombre que lo acompañaba.

Complacido por la actitud que demostraban sus clientes, Lugo tomó de su escritorio un listado con las cantidades de droga que los capos podrían mover durante las siguientes tres semanas, con aquel acto, dio por finalizada la reunión. De regresó al estacionamiento, para abordar mi automóvil, sin que lo esperara el Profesor se acercó para indicarme que el lunes, a primera hora, quería mi renuncia sobre su escritorio.

Como lo ordenara Lucio, pasadas las diez de la mañana, con el cheque de mi liquidación guardado en mi cartera, abandoné el edificio de Gobierno y me dediqué, las siguientes tres semanas, a buscar una oficina en donde montar un despacho digno a nuestros clientes. Al principio pensé que la tarea sería fácil, pero tras largas visitas a edificios comprendí lo complicado de ésta. Finalmente, con veinte días de búsqueda intensa, la colonia Polanco fue en donde monté la oficina más lujosa que mis pretenciosos deseos pudieran concebir.

Respirando el aroma a cedro que inundaba el piso comprado, pasé los primeros dos meses trabajando asuntos legales que el Profesor me encomendaba. Sin queja de mi parte, día a día presenté en oficialía de partes demandas que habían sido arregladas previamente. Pero finalmente, como todo lo que ocurre en la vida, una semana antes de la navidad las cosas cambiaron, cuando alrededor de las doce del día Sara, mi secretaria, me informó que se encontraba en mi privado un hombre que respondía al nombre de Amado Carrillo.

Molesto por lo que ocurría, a escasos diez metros de donde me encontraba, me dirigí a mi oficina. Contrario a lo que esperaba, al abrir la puerta me encontré con el rostro de un misterioso invitado, quien, sin darme tiempo para cuestionarlo por la violación que había realizado a mi despacho, se levantó del sillón y me hizo saber que venía de parte de don Pablo Acosta con un encargo.

—Veo que no le han ofrecido café, ¿gusta que le sirvan un poco? —le pregunté al secretario de Acosta, mientras mis pies se dirigían en dirección al escritorio.

—Gracias, abogado, así estoy bien. Como le dije, don Pablo es quien en realidad necesita de su ayuda.

—Ya te escuché, pero antes de continuar quisiera saber cómo te llamas —le indiqué al hombre del Zorro para hacerle ver quién mandaba.

—Amado Carrillo.

—¡Ahora sí! ¿Qué puedo hacer por tu patrón, Amado? —le pregunté satisfecho de mi logro.

—Necesitamos aterrizar una avioneta para que cargue combustible y siga su viaje.

—¿En qué parte de la república necesitan la pista?

—En el Estado de México, por eso fue que acudimos a usted.

—¿Eso es todo, amigo? —Amado, quien no se dio cuenta del tono sarcástico que emplee al preguntarle, y si lo hizo le valió madre, confirmó su petición, mientras me veía tomar un habano de la caja de puros—. ¿Para qué día necesitas la pista?

—Hoy a las seis de la tarde.

Al escuchar el día y la hora evité demostrar gestos que delataran mi sorpresa; de otra manera, hubiera abandonado mi oficina inmediatamente.

—Ok, dame un par de horas para darte los datos exactos de donde aterrizará la aeronave.

En cuanto escuchó mi solicitud, el secretario de Acosta se levantó de la silla y estiró la mano para despedirse. He de confesar que en ese momento no tenía ni puta idea de cómo solucionar el problema, pero si de algo estaba seguro, era que lo resolvería.

Rodeado del silencio que brindaban las paredes gruesas de mi despacho, dejé que el humo del puro me encaminara hasta el bar; después de servirme un whisky doble, tomé el teléfono y empecé a llamar a mis contactos. Desafortunadamente, en menos de una hora los nombres en mi agenda desaparecieron y las opciones se convirtieron en sólo dos.

—¿Cómo está, Profesor? —le pregunté a mi jefe, mientras una ola de tropezadas palabras inundaban el auricular.

—¡Comiendo! ¿Qué quieres, Pepe? —en un par de minutos, puse a Cesar al tanto de la situación y no tardé en recibír un par de mentadas de su parte—. Déjame ver qué puedo hacer por ti, mientras vete pensando cómo vas justificar, cuando te vea, el haber aceptado un negocio tan a lo pendejo.

Al colgar, y con los insultos rebotando en mi mente, abrí nuevamente mi agenda y marqué las siete cifras que restaban.

—¿Cómo estás, Gilberto? —le pregunté a mi amigo en cuanto contestó.

—¡Qué pasó, abogado!, ¿en dónde te has metido, cabrón? Desde lo de Gobernación ya no me hablas.

—Pues, ¡aquí ando, maestro! ¿Andas muy ocupado?

—Para los amigos nunca y lo sabes. ¿En qué te puedo ayudar? —mostrando mi patética ansiedad, le informé que era un asunto que no podía contarle por teléfono y le dicte la dirección de mi nueva oficina—. Cálmate, en unos veinte minutos nos vemos en tu despacho, Pepe.

Contrario a lo que ocurre, cuando las preocupaciones nos apremian, los minutos tomaron un sentido de fugacidad y le ordené a mi secretaria mandar a los abogados, secretarias y demás gente a su casa: el día de hoy ya no se trabajará más. Después de atender mi disposición, Sara, sin que se lo solicitara, entró al despacho cargando un par de copas de whisky; al verla, estaba por preguntarle la razón de aquel acto cuando un grito resonó en la oficina.

—¡Pinche, Pepe! ¡Vaya oficina te has montado, cabrón! Pero dime, ¿para esto me hiciste venir? ¿Para presumirme el despacho tan lujoso que te acobija?

—¿Cómo piensas eso de mí, maestro?

—Pues sí no es para eso, entonces ya me dirás —a pesar de que mi secretaria era de toda mi confianza, aguardé a que ella saliera del despacho para hacerle saber a mi amigo el motivo de la llamada.

Intuyendo mis deseos, Sara colocó las copas en la mesa de centro y, en cuanto el sonido del cristal se mezcló con la madera, salió tan rápido que ni tiempo le dio a mi maestro ver lo sexy que ella lucía con su falda negra.

—Ahora sí, cuéntame qué problema tienes —me indicó mi amigo rompiendo con el incómodo silencio que había generado.

En escasos minutos, Borbolla Coviza estuvo al tanto de la situación que vivía y la expresión en su rostro cambio; por experiencia, él sabía que las operaciones de droga siempre traían problemas, pero con el corto tiempo que teníamos el riesgo aumentaba.

Después de agradecerme la confianza que le tenía, mi maestro me preguntó si estaba conciente del tipo de negocio en el que me estaba involucrando. Tras recibir un par de afirmaciones de mi parte, miró desde la ventana la ciudad y comenzó a operar.

—¡A ver, pásame el teléfono antes de que te orines! —me indicó mientras sonreía.

Portando el aparato entre sus dedos, Gilberto caminó por la fina madera que cubría el piso de mi oficina; entre murmullos, entabló una severa y ríspida conversación con su interlocutor. En mi caso, lo único que podía hacer era apagar los restos de mi habano que se consumían en mis dedos.

—¡Ya chingamos, abogado! ¡Pinches Verdes se me estaban rajando pero, al final, cedieron! ¡Bueno! La cosa es que si quieres aterrizar la avioneta de tu cliente tendrás que pagar doscientos mil dólares por adelantado —al escuchar la cifra me di cuenta que el infierno empezaba de mi lado y me pregunté si don Pablo cubriría el costo exigido—. El dinero tendrá que estar depositado en mi oficina antes de hacer la llamada, claro que como somos amigos, tú avala el pago y le damos para adelante.

—¿Y en dónde aterrizará la avioneta, maestro?

—¿Dónde más, Pepe? ¡En la mera base de Santa Lucía! —al escuchar el lugar donde se llevaría acabo el abastecimiento, recordé la serie de problemas que se habían tenido con los militares y le manifesté mi preocupación—. No sé con qué gente has tratado, abogado, pero ¿crees que yo pondría en riesgo la vida de mi familia? ¡No chingues! Yo arreglo mis negocios con gente de primer nivel —ante los implacables argumentos de mi maestro y convencido de que la operación sería un éxito, le hice saber que no podía dar luz verde a la operación hasta que me lo autorizara el representante del grupo—. ¡Uta madre contigo!, ¿qué tipo de negocio crees que estás tratando, cabrón? Te juegas la vida y pones el dedo de otro pendejo en el gatillo del arma.

La llamada de atención de mi maestro, a diferencia del maltrato vivido por el Profesor, me dejó pensativo por un momento y más consciente de lo que ocurría, tomé una decisión.

—Dele para adelante, total, tengo el dinero para responder a este negocio.

La nueva actitud que mostré puso de buen humor a mi amigo, quien me palmeó la espalda en un par de ocasiones.

—El trato ya está cerrado, abogado, sólo quería ver cómo te comportabas. En asuntos de droga jamás debes olvidar, para que nunca te maten, que no existe la palabra "No" —las frías palabras que mi amigo dijo al ir caminando a la ventana, provocaron que bajara los ojos en dirección al suelo; sin darme cuenta, musité una breve plegaria para que todo saliera de acuerdo a lo hablado—. Por cierto, abogado, necesito saber la matrícula del avión. No vaya a ser que los Verdes lo tumben antes de cerrar el trato —una vez más, la expresión de estúpido se dibujó en mi rostro y le comenté que tampoco sabía los datos de la aeronave.

No logrando contener la burla, Gilberto soltó una estruendosa carcajada y provocó que mirara nuevamente el reloj en la pared: tres y media de la tarde. El tiempo justo para cerrar el trato y no perder mi dinero.

—¿Con cuanto vamos en este negocio, maestro? —le pregunté a mi amigo buscado transmitirle un poco de la presión que me hacía sentir.

—¡No me jodas, Pepe! ¿Cómo crees que los militares nos darán un peso en este negocio?

—Pues, no sé si pueda sacarle algo más a mi gente, de por sí el costo ya es alto.

—¿Alto?, ¿de qué me hablas, abogado? Tu gente sabe que estos desmadres no son baratos, además, ten la seguridad de que ellos le sacaran a su mercancía diez veces más de lo que nos pagarán.

—Eso lo sé, maestro, pero ya sabes que hay tarifas y ni modo de cobrar por encima de ellas.

—¡Tarifas ni que la chingada! ¡Eso es para pendejos que su trato no va más allá de un pinche comandante de la federal! En nuestro caso el permiso lo da el secretario de defensa. ¿Te parece poco, cabrón? Si tu gente quiere seguridad les va a costar —insistió mi maestro mientras buscaba en la cantina la botella de whisky.

—¿Entonces le parece bien que cobremos unos quinientos mil dólares? —Al escuchar mi propuesta Borbolla calló, seguramente analizaba si era una broma o hablaba en serio.

—Me parece bien. Doscientos mil para mí y cien mil para ti —respondió buscando jugar un poco conmigo.

—Estoy de acuerdo.

—¿Y por qué sonríes, cabrón? Los doscientos mil dólares son para mí.

—Es que pensaba darle los trescientos mil íntegros. Así que por lo visto, hice bien en cerrar el hocico esta vez —ante mi respuesta ambos reímos como niños y segundos de calma nos envolvieron.

Tras dos tandas de tragos que desfilaron sobre la mesa, así como una bolsa de pistaches, las cosas volvieron a tensarse y mi amigo tuvo el detalle de recordarme que el tiempo se me terminaba.

—Ya esperamos más de media hora y tu amigo no llega, Pepe, ¿por qué no le hablas a su jefe y dejamos de sufrir?

—Prefiero esperar, Gilberto. Sé que estoy tratando con el gato pero mañana este se puede transformarse en león y, si esto ocurre, espero estar a su lado —contesté, mientras mi amigo se dirigía a la ventana.

—No eres tan pendejo, abogado. Por cierto, el mencionado gato ya llegó —me hizo saber al estar con la frente recargada en el vidrio.

Teniendo la creencia de que mi maestro no conocía a Amado, me levanté del sillón para constatar su afirmación. A tan sólo un par de pasos de llegar a la ventana, Sara detuvo mi marcha al informarme que se encontraba en la recepción el señor Carrillo. Aliviado por la noticia, dejé caer la mano derecha a un costado y le pregunté a Gilberto sobre la petición que me había hecho a su llegada. Confirmada su solicitud, le indiqué por donde pasar a la sala de juntas sin ser visto.

—Pásale, Amado, ya tengo noticias sobre tu asunto.

Saber que la bajada estaba arreglada a tan alto nivel me brindó la seguridad que necesitaba para enfrentar un negocio de este tipo, y no pensaba desaprovechar la oportunidad de verme, ante mi gente, como una persona confiable y eficiente.

—¿Qué me cuentas, abogado?

—La pista ya está lista, sólo es cosa de concretar unos detalles —contesté sin poder ocultar mi alegría.

—¿Cómo qué detalles?

—Necesito el número de matrícula del avión y medio millón de dólares para pagar la bajada.

—Vaya que son un par de detalles considerables, abogado. Así que antes de responderte me gustaría saber en qué sitio piensas aterrizar mi avioneta.

—En Santa lucia.

—¿La base militar?

—Así es —al escuchar el sitio que le proponía, Amado mostró al principio un rostro de preocupación, pero después de un par minutos, en los que el hombre de Acosta se quedó mirando el horizonte, tomó el radio que traía en su pantalón y le ordenó a su gente subir.

Con el dinero viajando por el elevador, le solicité al capo las placas de la aeronave; por la hora, tenía que darle urgentemente los datos al teniente-coronel Ramírez. Esa había sido la indicación de Borbolla Coviza.

—¡Ya está, Carrillo! Dile al piloto que puede aterrizar en la base —le indiqué al lugarteniente para informarle que el trato con los militares estaba hecho.

Teniendo la operación controlada y el ánimo en los cielos, caminé hasta la cantina y me serví una copa de whisky; sintiendo el hielo sobre mis labios, un hombre alto, robusto y de mirada fría, llegó acompañado por tres pieles morenas que portaban fuerte armamento.

—Aquí tiene su encargo, patrón.

—Déjalo en el suelo, Rigo. Aún no terminó de platicar con el abogado —con su gente sentada en la recepción, Carrillo levantó el portafolio y caminó hasta mi escritorio. Al parecer el asunto tardaría más de lo previsto—. ¡Aquí tiene el dinero, abogado! Con toda confianza cuéntelo —Me indicó Amado al poner los dólares delante de mí.

Sorprendido por la actitud del hombre de Acosta, respiré lentamente y tomé un habano; al terminar de encenderlo, dejé el puro en el cenicero y lo miré.

—Eso no es necesario y lo sabes.

—Entonces por mi parte he cumplido, sólo me queda ver si tú lo haces, abogado —me dijo sin el menor respeto al salir del despacho.

Feliz de saber que la operación estaba en marcha, me dirigí a la sala de juntas en donde, tras abrir la puerta, le indiqué a mi maestro que ya podíamos irnos a comer. Aceptando mi propuesta, Gilberto, quien desde el otro lado de la puerta había escuchado la conversación, tomó mi hombro y me regañó por haber dejado que me hablaran de esa manera. Sin sostener el tono, me explicó que dentro del narcotráfico el respeto lo era todo, sin él, todo se iba a la chingada.

Justo a las ocho de la noche, con la mayoría de las luces del edificio apagadas, recibí la llamada de Ramírez informándome que la avioneta tenía un par de minutos de haber despegado de la base; de igual forma, hacía de mi conocimiento que el licenciado Gilberto Borbolla Coviza ya había entregado el pago. Por lo visto, en cuanto regresamos de Los Canarios, y le hice la entrega del dinero, mi maestro viajó inmediatamente a la casa presidencial con el maletín lleno de dólares.

De esta manera fue que gané mis primeros cien mil dólares en negocios del narcotráfico y pensé en salir a celebrarlo. Era viernes, las once de la noche y la ciudad me invitaba a saborearla.

XVII

ATORMENTADO POR LA RESACA, que te generan tres botellas de vino, me levanté de la cama para contestar el teléfono. El dolor de cabeza era insoportable y preferí colocar la bocina en mi oído. Después de acordar con mi amigo la hora en que nos veíamos para comer, me dirigí al baño a tomar una ducha; con el agua corriendo sobre el frío azulejo, el aparato telefónico timbró nuevamente. En aquel rayar del alba, también el Profesor me llamaba para notificarme que lo vería en su despacho al día siguiente.

Vistiendo la muñeca derecha con mi nuevo Rolex; los lentes Versace escondiendo las ojeras y el radio oculto en la chamarra, arribé alrededor de las tres de la tarde a la hacienda de Tlalpan. En cuanto el valet recibió mi auto, me encaminé a la entrada del restaurante y, tras verificar que Gilberto aún no había llegado, me senté en una de las mesas y le solicité al mesero que me preparara una bebida que me compartiera, para estos casos, un barman de Acapulco dos años atrás.

—Me trae un clamato con un poco de vodka, algo de cerveza y una pequeña raja de limón.

—En un momento.

—¡Abogado! Perdona la tardanza pero el tráfico estaba pesado por el juego —pronunció mi maestro, al llegar acompañado de una dama de escasos veintidós años de edad quien, por lo dulce de su rostro, parecía ser de provincia.

—¡Adelante, tomen asiento, por favor! Y por la tardanza ni te preocupes, Gilberto, prácticamente acabo de llegar.

—Tú siempre tan cortés, amigo; por cierto, te presento a María de la Luz, mi novia. —Al escuchar el apelativo que le otorgaba a su acompañante me quedé pasmado, era la primera vez que él se refería de esa manera a una mujer que me presentaba.

Como era característico del lugar, la comida estuvo deliciosa y los tragos que nos acompañaron, las cuatro horas que permanecimos en la hacienda, fueron una excelente compañía. Quizá ese fue el motivo para que, al terminar el postre, Gilberto me dijera el verdadero motivo de la invitación.

—¿Te gustó el plan que trazamos Cesar y yo?

—¿Qué?

—¿Acaso no te percataste que lo de gobernación fue una trampa a ver si caías?

—No, ¡digo... sí! ¡Claro que sí! —contesté buscando ocultar mi sorpresa.

—Pero, ¿por qué tiene ese color tan blanco, abogado?

—Pepe.

—¿Cómo?

—Que le digas Pepe, Mari —con la cuenta pagada y el postre atorado en mi garganta, me despedí de ambos dándoles un fuerte abrazo. Sin duda volvería a verlos juntos.

Manejando de regreso a casa, el silencio de las calles me ayudó a comprender por qué el Profesor y Borbolla Coviza se habían tomado la molestia de aplicarme una prueba de fidelidad. El riesgo que jugarían a futuro conmigo los siguientes años los obligaba a ello.

XVIII

Como lo ordenara el Profesor el lunes llegué puntual a la oficina de Omar Ríos, para mi sorpresa, sólo se encontraba su secretaria quien, para hacerme menos tediosa la espera, me sirvió una taza de té en la sala de juntas. Dándole un pequeño sorbo a la relajante bebida, observé que en la mesa se encontraba el control de la televisión y sintonicé el noticiero de las nueve de la mañana.

Escuchando la sonora voz de Memo Ochoa, me serví otra taza de café, mientras el periodista del sexenio comentaba la probable nacionalización de la banca por parte del presidente José Manuel Parra. Al terminar la aburrida nota, siguió con la conquista de la copa FIFA por parte de Argentina y remató haciendo mención de la producción discográfica de un tal Luis Miguel.

Niño cuya voz hipnotiza los oídos de las adolescentes mexicanas, el conductor precisaba teniendo de fondo una de las canciones de su álbum debut.

Evitando que mis ojos se cerraran, le cambié rápidamente al canal de las caricaturas: confiaba que la Pantera Rosa hiciera amena mi espera. Viendo caer al inspector por la ventana por tercera ocasión, utilicé nuevamente el control para dejar en la pantalla una película de Buñuel: *Los Olvidados*. Desde un inicio, el guión que mostraba el director me sorprendió; los escenarios eran tan contemporáneos con sus calles cubiertas de basura; casas de cartón; los niños navegando entre los puestos del mercado; los pepenadores; el borracho; el músico; el muerto; el ratero, etcétera Con tan sólo un par de cuadros me di cuenta que esa realidad no pertenece al pasado, bastaba con hacer un recorrido por las zonas marginadas de este país para darse cuenta que *Los Olvidados*, de Buñuel, están respirando el mismo aire que Cesar Lugo González, que Pablo Acosta, que el mismo presidente, quien juraba erradicar la pobreza. Para saber, además, que los programas de subsidio a la población, de los que tanto se vitoreaban los gobernadores y secretarios de estado, sólo existen para que no se mueran tantos cabrones jodidos y el gobierno no tenga que importar esclavos a quien chingar.

Viendo el interior de una de las casas, acepté que era mejor ser parte de esa mierda fascista que tiene al pueblo sumido en su pobreza y apagué el televisor. Me resultaba más confortable ordenar otra taza de té, encender uno de mis habanos y cerrar los ojos buscando saborear mi realidad.

Pasadas las diez de la mañana, una hora después de lo acordado, el Profesor arribó acompañado de Pablo Acosta quien, al verme sentado en el sillón, me dio una cálida felicitación por la operación lograda. En ese momento, supe que el motivo de la reunión no era para reclamarme algún daño colateral del viernes, sino para que ambos me entregaran algunos obsequios. Don Pablo me dio un reloj Cartier de oro con mis iniciales grabadas en la parte trasera del extensible y Cesar me entregó las llaves de una camioneta BMW de color negro, quizá como disculpa a su comportamiento.

Al recibirlos, y sin hacer mucho aspaviento a los importantes regalos, les di las gracias mientras veía entrar a Ríos.

—¿Usted no me felicita, licenciado? —le pregunté a Omar, quien había justificado su ausencia por una supuesta llamada urgente que atendería.

—¡Claro, J.L., felicidades! Pero, ¡cuéntame! ¿Cómo fue que lograste convencer a los Verdes para que te dejaran aterrizar la avioneta de don Pablo en su base?

—¡Cómo no, Omar!, pero, antes dime. ¿Conoces un viejo dicho que dice: un buen mago nunca revela su secreto?

—¡Claro que lo conozco!

—Pues fíjate que también los buenos abogados hacemos lo mismo —le respondí a Omar, mientras palmeaba su pierna en forma retadora—. ¡Claro! Si me dices cuántos hombres colocaste afuera de mi oficina durante el tiempo que duró la operación. ¡Igual me animo y te digo! —confundido por la reveladora pregunta, Omar miró Pablo con cierto recelo.

—¡Vaya, vaya, con éste, abogado! Veo que anda de buen humor. ¡Por cierto, Pepe! Quiero felicitarte públicamente por haberte ido ese día a tu casa y no de putas. Esa acción habla bien de ti, muchacho.

Con la voz del Profesor obligándome a guardar la espada, tomé mi saco del perchero y me incorporé; al ver mi atrevido acto y molesto por mi rebeldía, Lugo fijó su mirada en mi rostro y colocó un sobre en la mesa que tenía a lado.

—Quiero un informe detallado a tu regreso.

Sin articular palabra y consciente de mi estupidez, tomé el encargo del Profesor y me despedí de los presentes.

CUANDO FINALMENTE ENTRÉ a mi despacho el sonido hondo que mis zapatos emitían denunciaron el enojo que portaba. Evitando desquitarme con mi personal, caminé en dirección a mí privado én donde entré al baño. Tras refrescar tanto las ideas como el rostro, me serví un vaso con whisky y me acomodé en el *love seat*.

Motivado por la relajante sensación que me invadía, tomé el sobre de Cesar y lo abrí: dentro de éste, encontré un boleto de avión, viaje redondo a Monterrey, dos hojas de papel y un diskette de computadora. Sin tener muchas ganas de leer, dejé el sobre nuevamente en la barra de la cantina y llené mi vaso con whisky.

Seguramente me hubiera quedado dormido en el sofá hasta el otro día, pero una llamada oportuna de mi amigo Gilberto evitó que eso sucediera.

—¡Vaya noticia que me has dado, maestro, felicidades!

—Gracias, Pepe, pero aún no me has contestado si cenarás conmigo.

—¡Claro que sí, hombre! Será un honor, amigo.

—Bueno tocayo, te veo a las ocho donde siempre.

En medio de los encargos del Profesor, Borbolla Coviza hacía de mi conocimiento que su nombre figuraba en la tercia finalista para ocupar el puesto de magistrado en el Tribunal Colegiado del tercer circuito, con sede en Guadalajara. Entusiasmado por la noticia recibida, saqué de mi vestidor una camisa limpia y una hermosa corbata guinda que acababa de comprar; para mi buena suerte, al llegar al punto en que debía realizar el nudo, Sara salió a mi rescate y resolvió el pequeño laberinto que me hubiera entretenido lo suficiente para no ser puntual.

Antes de abandonar mi privado, le pedí a mi secretaria que sacara las dos hojas que se encontraban dentro del sobre y las leyera. Sin dar vueltas y giros por el documento, ella enfatizó los puntos que consideraba importantes, sobre todo, el párrafo que hablaba de las discrepancias que existían entre don Pablo Acosta y el comandante de la PGR con el cual me entrevistaría.

Por iniciativa propia, al terminar de leer dejó las hojas en el escritorio y se comunicó con mi nuevo secretario solicitándole investigar todo lo referente a Guillermo González Calderoni, alias el Cabezón. Observando la eficacia de Sara, quien se conducía como pez en el agua, el reloj cucú que se encontraba en la pared me hizo saber que sólo contaba con diez minutos para llegar al restaurante del Hotel Emporio. Por tal motivo, le ordené a Sara que llevara a mi casa una copia del contenido del diskette.

Por la hora de mi llegada el restaurante se encontraba saturado tanto en el bar, el salón principal y la terraza, lo que me obligó a levantar la mirada más de siete veces antes de encontrar a Gilberto en medio de ese caos.

—¡Buenas noches, magistrado! —exclamé al estar parado frente a su mesa.

—No comas ansias mí querido, amigo. El puesto aún no es mío.

—Si usted me lo pide callaré, pero sabe bien que mi comentario es con el mejor de los deseos —emocionado por mis afectivas palabras, Coviza me sonrió y jaló mi cabeza hacía su pecho.

Arrebatada por la escena que acababa de presenciar, María me saludó cálidamente y dejó las huellas de sus labios impresas en mi mejilla derecha. Al ver en la pulida panera lo sucedido, tomé discretamente la servilleta de tela y limpié la huella pretextando quitarme el sudor. Sabía que a mi amigo no le gustaría ver la boca de su mujer tan cerca de la mía.

Percatándome que todo estaba en orden, le indiqué al mesero que me trajera un tequila blanco, acompañado de una sopa de hongos y un guisado de carne enchilada, dejaría para mañana la dieta que estaba siguiendo. Como suele pasar en nuestras veladas, más tardó el mesero en traer el caballito que la botella apareciera sobre la mesa; por el festivo momento que estaba pasando, mi amigo empezó a contarle a su novia anécdotas sobre nuestra época universitaria.

—¡Si lo hubieras visto, Mari! José Ángel era el alumno más caliente de la Facultad y... —a pesar de que Gilberto exageraba en sus comentarios no hice nada para defenderme o detenerlo; el grato momento que estaba viviendo su mujer me lo impidió—. ¿Te acuerdas de la maestra que te daba civil en segundo año, Pepe?

—¿Te refieres a la maestra Lucía?

—No recuerdo su nombre, sólo que estaba bien chichona y todos los Profesores y alumnos de la facultad querían con ella —al escuchar la forma en que mi maestro se expresaba concluí que ya vivía María con él.

Descubrir el secreto que ocultaba mi amigo sólo me sirvió para sentirme incomodo e intenté borrarlo de mi mente sin obtener mucho éxito; por suerte, la llamada del presidente de la Suprema Corte de Justicia dio inicio a la celebración en el restaurante. En ese momento de bochornos, Borbolla Coviza era informado de su incorporación al cuerpo de magistrados del colegiado de Guadalajara.

—¡Felicidades, amor! —exclamó, primero que nadie, María.

—¡Señor magistrado, que honor tenerlo con nosotros! —interrumpió el señor que cenaba en la mesa de enfrente, así como amigos que se encontraban en el restaurante.

—¡Oye, Pepe! ¿Y a quién verás en Monterrey? —me preguntó Gilberto cuando finalmente pudo cortar un pedazo del pastel que el gerente le había obsequiado.

—A un tal Calderoni, ¿lo conoces?

—¿Qué si lo conozco? ¡Vaya que tengo una idea sobre como es ese hijo de su puta madre! Calderoni es un hombre al que hay que temer, abogado. Así que cuando hables con él cuida lo que dices y cómo lo dices, sobre todo, ten cuidado de no mirarlo mal.

—Entiendo lo que me dices, maestro, pero...

—¡No seas pendejo, Pepe! ¡Lo que te digo no es para que lo entiendas sino para que tengas cuidado de él! Ese cabrón está loco y si lo agarras en un mal día es capaz de matarte porque no le gustó el color de tu camisa o como te peinaste.

—Pero voy de parte de Cesar Lugo y... —al parecer la necedad que mostraba irritó a mi amigo quien, evitando prolongar el tema, se levantó y se dirigió a los servicios.

En cuanto retornó a la mesa Gilberto se refugió en los cálidos brazos de su mujer, por lo que, sin excusa que me permitiera retomar el tema, disimulé ver mi reloj. Tomaría como pretexto lo temprano de mi vuelo para despedirme.

—¡Bueno!, me da pena tener que retirarme, pero aún tengo que preparar la maleta y revisar la información que Cesar me entregó.

—Ándale, Pepe! Y, ahora que regreses pasa a la oficina para platicarme cómo te fue. Reflexivo, caminé hacia la salida y comprendí que, por no saber callar, me había quedado sin la información que Coviza podía haberme dado sobre Guillermo Calderoni.

Pensando que el día había concluido de mala manera caminé despacio en busca de mí auto, para mi sorpresa, al pasar por la caja mi corazón casi se infarta al verla parada meneando la cintura. Recuerdo que en la preparatoria ella fue una obsesión para mis precoces ojos de adolescente, solía esconderme entre los autos para escuchar tan sólo su voz y oler su embriagante perfume.

Ahora, nueve años después, la tenía frente a mí luciendo una falda negra que torneaba su endiosado culo de veracruzana.

—Perdona, creo que te conozco —pronuncié al sentir su mirada en mis pálidos ojos grises.

—¿Crees o me conoces?

—Julieta, ¿verdad?

—Veo que tienes muy buena memoria, corazón; pero, dime, ¿cómo es que sabes mi nombre? —en cosa de dos minutos puse a mi amor de juventud al corriente de nuestra vida estudiantil y le hice saber que había tenido mucha suerte de encontrarla.

Por cosas del destino, el acompañante de Julieta se tardó más de lo esperado hablando con el gerente en busca de una mesa y pude prolongar la charla hasta al punto de invitarla a tomar una copa en otro sitio. Tras escuchar mi propuesta, ella me pidió que la aguardara afuera del hotel. Necesitaba despedirse de su amigo.

He de confesarles que al principio no creí que abandonara a su pretendiente, pero a los cinco minutos, cuando su aroma abandonó el vestíbulo y se dirigió a donde estaba estacionado, enmudecí de la emoción.

—¿Ahora a qué te dedicas, José, sigues siendo un agitador como en la escuela? —me inquirió al estar sentados en uno de los privados del restaurante El Cardenal y a punto de terminar la tercera copa de champagne.

—Eso siempre.

—Pero, ¿ahora sí ganas dinero de eso?, ¿no?

—Sólo lo que otro… Mmm, ¿cómo dices…? ¿Agitador? Pues, sólo lo que otro agitador ganaría —con las simples respuestas que le iba dando, ella se dio cuenta que era mejor opción que el adinerado vende chiles con el que iba y preparó su trampa.

En cuanto cancelé mis deseos por besarla, los tragos se quedaron detenidos sobre la mesa y el dulce sabor de sus labios nos condujo tropezadamente a la salida del restaurante. Julieta estaba interesada en conocer dónde pasaría los siguientes dos años, yendo y viniendo, de acuerdo a mis ocupaciones, para volver a sentirse mujer entre mis brazos.

—¡Mmm! ¿Desde cuándo vives solo en esta casa?

—Un… un… par de… de años.

—¡Mmm…! ¿Y no has pensado en tener compañía? ¡Mmm…! ¿Te gustaría que viviera contigo?

—¡Mira!… En este momento lo… ¡Lo único que me gustaría es que te callaras y terminaras de chupármela! —tras el grito incontrolado que mi boca emitió, las escenas que continuaron se volvieron tan intensas y exóticas que difícilmente las podría contar con veracidad.

Jamás había experimentado tantas sensaciones como las que esa noche Julieta me provocó; cada roce de su boca con mi pene era como una descarga eléctrica irrumpiendo en mi mente; sus senos firmes y voluptuosos recorrían mi pecho y sus manos apresaban mi espalda con gran intensidad. Por eso, aún en estos días recuerdo que todo empezó como un juego. Lentamente nos fuimos desnudando por la culpa de una baraja incompleta; ella, con la habilidad de una jugadora profesional, dejó que su ropa acariciara el suelo un par de veces antes de desnudarse completamente.

XXII

EL 15 DE ENERO DE 1979, en cuanto el avión aterrizó en Monterrey me dirigí al Hotel Presidente a ultimar los detalles de mi plan. Los informes que Del Valle había conseguido de Calderoni me hacían saber que, desde el momento en que pisara suelo norteño, estaría siendo observado por personal a su cargo. Para mi fortuna, o por lo menos así lo creí, el breve resguardo que la habitación me proporcionó me ayudó a afinar mis ideas y decidí cambiar mí aburrido traje por algo más casual: de esta manera trataría que el comandante se sintiera más a gusto en la cita.

Teniendo el tiempo suficiente para revisar la estrategia que seguiría, bajé al bar del hotel cerca de la una; estando ahí, uno de los trabajadores me informó que el lugar abría en una hora. Sin molestarme por la actitud burocrática del encargado del área, seguí el protocolo para estos casos y lo soborné para que mandara a una de las meseras del restaurante a atenderme. Tras guardar el par de billetes en la bolsa de su saco, el empleado del hotel me dejó instalado en una de las mesas del bar y, a los pocos minutos, regresó acompañado de una linda mesera.

Embelesado por los ojos verdes y la angelical sonrisa de la joven, mi mente entró en una especie de coma momentáneo y tartamudeé al ordenarle una copa de coñac. Sosteniendo el trago con ambas manos, las manecillas del reloj hicieron su trabajo y, justo a las dos con cinco, diez hombres entraron al bar y ocuparon diferentes mesas: con esta maniobra los federales buscaban pasar desapercibidos ante mis ojos.

Instalados a mí alrededor, finalmente un hombre de estatura media, piel blanca, calzando botas picudas, cinturón piteado y mirada fría, entró caminando lentamente al bar. Parado a medio salón, viró su cabeza un par de veces y finalmente se acercó a la mesa en donde me encontraba.

—!Cabrón, *I am Calderoni, tell me!* ¿Qué chingaos *do you want to speak* conmigo? —me preguntó en cuanto sus botas se colocaron encima de la silla.

Gracias a las prudentes advertencias de mi maestro en ese momento no mandé a la chingada al pocho.

—Comandante, soy el abogado José Ángel López Lorenzana y vengo de parte de el Profesor quien, por cierto, le manda un saludo cordial y le agradece el haberme recibido —le contesté a Calderoni sabiendo que el tono sumiso, con el que le hablaba, calmaría la tensión que se dibujaba en su rostro.

A pesar de ya no tener fruncido el ceño, él se sentó lentamente en una de las sillas y colocó su pistola sobre la mesa.

—¡*Well, lawyer!* Y… ¿En qué le puedo ayudar a my *godfather*? —volvió a cuestionarme, pero esta vez, empleó un rustico apelativo al referirse a Cesar Lugo González.

—Él desea pedirte tres favores, comandante, y si tú…—la llegada de la mesera trayendo la botella de Chivas Regal, que había ordenado, me hizo callar.

—Pero qué *beauty* está la *waitress*! ¿No lo cree así, *lawyer*?

—Como le iba diciendo, el primer favor que requerimos es que las avionetas de don Cesar Terraza aterricen en la pista de su rancho —al oír mi evasiva respuesta, Calderoni se sintió ofendido y dejó caer su copa.

—¡*Shut up!* ¡*Shut up*, puto! —gritó al golpear nuevamente la mesa, sólo que esta vez lo hizo con más fuerza.

—Así no llegaremos a ningún sitio, comandante, además, recuerda que ambos trabajábamos por el bienestar del mismo grupo.

—¡No, puto! ¡*Here* se hace lo que digo!, ¿*do you understand me*? —gritó nuevamente, dejando caer el peso de su mano derecha sobre el arma. Contrario a lo que el federal esperaba, por su recio proceder, me levanté de la silla y di por terminada la reunión—. ¡Tranquilo, cabrón!, ¡tranquilo! Aún no terminas de decirme en que te puedo ayudar.

—Y, ¿quedarme escuchando sus insolencias? No, gracias, mejor lo dejo disfrutar su copa.

—¡Abogado, siéntate! —a pesar de la decisión que había tomado, el resultado que esperaba el Profesor de esta reunión me obligó a rectificar mi conducta y sentarme en la silla, que ya había sido colocada por uno de sus guardaespaldas en su lugar—. A ver, *lawyer*, aparte de la pista y las bajadas, ¿*what else do you need*?

—Primero dígame el costo antes de continuar.

—¿Qué hay con el *cost*?

—Necesito saber cuánto vale cada bajada —ante la firme actitud que ahora mostraba, Guillermo llenó su copa y encendió un cigarro.

—¡Con una *fuck*, compa!, neto que eres más necio que una puta vieja, cabrón; pero, *if you wish a cost*, ahí te va. *I want a hundred thousand and five hundred thou-*

sand dollars. Todo depende de los kilos de cocaína que tu gente quiera mover.

—Pues resuelto este punto le comento que el siguiente se refiere a la necesidad de nuevas rutas terrestres. Las actuales ya están demasiado conocidas por los Verdes y...

—Veinticinco mil dólares por ruta, *¿how do you see?* —esta vez el sarcasmo del federal fue notorio al no permitirme exponer la pregunta en su totalidad.

—Oiga, *lawyer*, pero qué chula está la mesera, *¿don't you like her?*

—Tiene razón, es muy bella —contesté sólo para complacer al nefasto hombre del cual dependía la seguridad del estado.

Al escuchar el tono irónico que empleaba, Calderoni pensó que estaba siendo objeto de mis burlas y llamó a uno de los agentes quien, a los pocos minutos, regresó acompañado con un hombre delgado y de escaso pelo.

—¡Compadrito!, mi amigo anda muy nervioso y necesito que me averigüe qué tiene —le indicó el comandante al gerente del hotel, haciéndome saber que tenía un malévolo plan en marcha.

—Buenas tardes, señor, ¿dígame en qué le podemos ayudar?

—Me gustaría ver sentada a la mesera junto a mí —le respondí buscando salvarle la vida.

Informado de mi necesidad y comprendiendo el riesgo que corría su vida, el hombrecillo le indicó a la niña de los ojos verdes que se fuera a sentar con nosotros.

—¡Ahora si tráeme otra botella, compita! —gritó el comandante al ver que su orden era obedecida.

Acompañados de la hermosa mujer platicamos las siguientes tres horas de gallos, vacas, coches, lugares, etcétera, mientras las copas de whisky iban y venían de la mesa. De

no ser porque a las ocho de la noche una llamada del gobernador hizo salir a Guillermo del hotel a toda velocidad,
seguramente nos la hubiéramos amanecido.

XXIII

SIN LA COMPAÑÍA DEL COMANDANTE y no teniendo la posibilidad de finiquitar mi agenda, invité a Refugio, la mesera, a cenar.

—Ya me disculpé por lo ocurrido en el hotel, así que mejor cuéntame cómo fue que llegaste a Monterrey —le pregunté a la hermosa joven, quien dejaba cuchillo y tenedor en el plato.

—Pues, mis apás me trajeron desde morra para estos lares, tendría unos tres o cuatro años cuando, por culpa de la sequía, mi apá tuvo que vender la parcela y venirse a trabajar como coyote en la aduana.

—Y, ¿aún viven tus padres?

—¡Qué va!, ellos murieron en un accidente en la carretera cuando yo no pasaba de los quince; por eso, desde muy huerca, tuve que trabajar para mantenerme. Primero, al igual que mi apá trabajé en la aduana como medio año, pero el ambiente tan de hombres que ahí se vive me hizo alejarme. Después anduve de burrera y no me iba mal. Lo malo es que un día el Buchón para el que trabajaba quiso abusar de mí y lo maté. Fue entonces cuando me escondí de mesera en este hotel, aquí nadie me conoce y eso me hace sentir segura —al escuchar la confesión de Refugio no sólo supe que esa noche ella sería mía, además, que podría enamorarme de aquella provinciana mujer.

Gracias a que el postre estuvo delicioso y la charla suculenta, terminamos de cenar cuando las manecillas del reloj indicaban las dos de la mañana. Preocupada por el clima bélico que se vivía en la ciudad, mi futura amante me pidió que la acompañara hasta su casa. Sin despachar el taxi que nos había llevado hasta la colonia Gloria Mendiola, caminamos de la mano hasta la puerta de la pobre vecindad donde vivía.

—¿Entonces no me dejarás pasar, bonita?

—De querer quiero, pero la cosa es que me correrán si te dejó. ¿Y qué haré a media noche sin techo que me proteja?

—¿Qué podremos hacer?, ¿qué haremos? —le dije a la bella mesera, mientras me acercaba para darle un primer beso.

Viendo como mi orina coloreaba el agua del inodoro el teléfono de la habitación sonó, al contestar, escuché la voz de Calderoni quien, preocupado por haber dejado el punto tres de la reunión sin concluir, se comunicaba en esas horas de la madrugada. No sé si fue lo cálido de la noche o un simple error de mi parte al no encontrarme lo suficientemente despierto, pero sin darme cuenta exploté el polvorín.

—¿El tercer punto?

—¡Sí, abogado!, el tercer punto.

—¡Ah… Sí! El tercer punto consiste en fijar una reunión entre don Pablo Acosta y…

—¿Y ese puto *what does he want with me?* —me interrumpió Guillermo al escuchar el nombre del capo. Alarmado, y sin saber que decir, tartamudee buscando engañar al comandante.

A media lengua, le hice creer que ese favor era solicitado por el Profesor y no por mí—. ¡A la *fuck* con eso, *lawyer*!, dile a my *godfather* que me pida lo que quiera, excepto tener tratos con ese puto —como intentar remediar mi estupidez por teléfono no era lo más indicado, le supliqué a Calderoni que nos viéramos a las dos de la tarde en el aeropuerto—. *I don't know what for, lawyer*, pero ahí te veo.

Al terminar la llamada, regresé a la recámara y noté que Refugio se había comenzado a vestir, por lo que, sin darle tiempo a ponerse la siguiente prenda, tomé su mano y la regresé a la cama.

XXIV

JUSTO A LAS SIETE de la mañana el teléfono sonó. Somnoliento, abrí los ojos y tomé el aparato para hacer callar el maldito sonido que me estaba volviendo loco. En ese momento fue que descubrí el rostro de la mesera sumido en la almohada y sentí sus caricias en un breve recuerdo. Sin saberlo, Refugio me había hecho sentir las horas más ardientes que Monterrey pudiera brindar a un mortal y, convencido de que ya era un adicto a su piel, decidí mantenerla a mi lado.

Rumbo al aeropuerto, listo para mi cita, hice una parada en la mejor inmobiliaria de la ciudad para comprarle un lindo departamento: ella no trabajaría más como mesera y se dedicaría a arreglarse para mí. Dentro de las elegantes oficinas, le hice saber a los vendedores mi intención y las opciones desfilaron sobre el escritorio. Revisadas tres carpetas y degustados dos capuchinos, el tiempo se acortó a tan sólo cuarenta minutos de mi cita. Con los ojos de Refugio despidiéndome, saqué de mi portafolio un cheque a su nombre y se lo entregué para que comprara los muebles para decorar el modesto inmueble adquirido y un mediano automóvil.

Cinco minutos tarde a mi reunión, arribé a la terminal aérea y no tardé en encontrar a Calderoni sentado en un pequeño café; después de saludarlo cordialmente, lo aborde inmediatamente con el tema de Acosta. Le haría saber que los embarques de droga colocarían a Pablo en una posición vulnerable.

—No, *lawyer, I can't help* a un traidor.

—Por lo menos escúchalo, comandante. Si te convence le haces saber al Pablote qué reglas acatará, sino, pues lo mandas a la verga y punto —le aclaré a Calderoni, quien se mostró entusiasmado por mi propuesta.

—¡Ya está, abogado, no se diga más! *I see you* en quince días *in my ranch* —la voz de una dama anunciando que era momento de abordar el vuelo A-101 con destino al Aeropuerto Benito Juárez, provocó que interrumpiera de golpe la charla. Había llegado el momento de partir.

—Comandante, será un honor tomarme unos tragos contigo en tu rancho.

Sin más que decir, nos dimos un fuerte abrazo de despedida y dirigí mis pulidos zapatos a la sala de abordar.

XXV

Minutos después de que el avión aterrizara, Lugo se comunicó conmigo y me indicó que en dos horas nos veríamos en mi despacho. Quería conocer los detalles de la reunión.

—No cabe duda que Calderoni sabe bien como mantener la tensión en uno, Profesor —le contesté a mi jefe tras preguntarme cómo había estado la cita.

—¿Lo que me estás diciendo es que el comandante sin pedir algo a cambio te dio la cita?

—Sí, sólo me indicó que lo vería en su rancho en dos sábados —al ver que mi respuesta no complació a Cesar, quien se tomaba la barbilla una y otra vez, agregué unas cuantas palabras buscando tranquilizarlo—. ¡Bueno!, tampoco la cosa estuvo tan fácil, antes de que el comandante se presentara en el hotel ya me tenía cercado por sus hombres y, en cuanto llegó, tomó una actitud tan pedante que por nada lo mando a la chingada. Tanta pochería me tenía harto.

—¿Qué te dijo Calderoni cuando le nombraste al Zorro?

—¡Uta! Se encabronó un chingo y se puso como loco, pero, como ya habíamos tratado los dos primeros puntos, fue más fácil convencerlo para que me diera la cita.

—¿Crees que habrá problemas cuando estén juntos?

—Sin duda, Acosta no es una persona grata para el comandante y él se lo hará sentir —al escuchar mi afirmación, Cesar le dio un trago al coñac. Él mejor que nadie conocía la forma de actuar de Calderoni.

—Bueno, ¿cuánto es lo que se te debe por tus servicios, abogado? —al escuchar el tono en que Lugo me hablaba me sentí ofendido y se lo hice saber—. En breve cenaremos juntos, Pepe, mientras tómate una copa y relájate.

Sin mirarme, y haciendo caso omiso a mi reclamo, el Profesor dejó un sobre en el escritorio antes de abandonar el despacho. Otro sobre, otro problema a resolver, pensé, mientras mis dedos tomaban el rugoso papel.

A pesar de lo cansado del viaje y la entrevista. A pesar del dolor de cabeza, le hice una seña a mi secretaria para que entrara a mi privado. En cuanto Sara ocupó su lugar, comenzó a leerme los asuntos pendientes y marcó en su libreta las indicaciones que le iba dictando; por suerte, un par de correcciones, de parte de ella, me bastaron para aceptar que me encontraba distraído y no era prudente continuar. Lo mejor era atender el encargo hecho por Lugo.

—¿Ahora qué chingaos se te ocurrió, Profesor? —vociferé al romper el sello que me separaba de la información.

Después de revisar el contenido un par de veces y no encontrar algo más, acepté que sólo un cheque se encontraba al fondo y lo tomé. Absorto, miré la cantidad escrita y emití una sonora carcajada que recorrió la habitación. Con el documento resbalando entre mis dedos, Sara miró la cantidad escrita y cayó como plomo en el *love seat*.

Aún hoy en día no he podido responderme por qué el dinero causa ese efecto en las mujeres, ¿cuál es el ingrediente oculto que las excita tanto? Tras guardar el cheque en mi caja fuerte, tomé a Sara de la cintura y su cuerpo fue quedando desnudo, mientras mis manos viajaban por su espalda blanca y suave. El olor que su cuerpo despedía era un gran estimulante para mi mente, así como el delicado contorno de su cadera.

Al salir la luna, con mi pierna alrededor de la suya, la noche acarició nuestras pieles que dormían por primera vez juntas.

XXVI

A TAN SÓLO UNA SEMANA de mí visita al rancho del comandante, Amado me llamó al despacho para invitarme a comer a Bellinis: don Pablo andaba nervioso por su entrevista del sábado siguiente con Calderoni y quería saber mí opinión.

Mostrando una cara de espanto, por haber viajado en el elevador más de cinco minutos, arribé al restaurante y no tardé en ser conducido por su gente de seguridad al privado que había reservado.

—¿Cómo estás, abogado?, ¿qué te ofrezco? —me preguntó el lugarteniente de Acosta al verme llegar.

—Por el momento nada, pero dime, ¿en qué te puedo ayudar?

—Es por la reunión del sábado con ese ojete del Chaca, mi padrino anda nervioso y no es bueno tenerlo así cuando las operaciones necesitan de su atención —la preocupación que manifestaba el capo no me sorprendió, era comprensible ya que era un gran enigma cómo se comportaría Calderoni estando en su rancho; sobre todo, porque Pablo Acosta era una persona en la que no confiaba.

—Como te lo dije por teléfono Calderoni va a marcar su territorio y se lo hará sentir a don Pablo; a tu jefe no le quedará otra más que aguantar si quiere hacer negocios con el federal.

—¡No chingues, abogado! Mi patrón tiene su carácter y en una de esas le mete tres tiros a ese puto.

—Si quiere mover su mercancía por los territorios del federal se tendrá que aguantar. No olvides que en estos momentos es el rey de la jungla. —Preocupado por el panorama, el lugarteniente le dio un trago a su cerveza antes de continuar.

—¿Y tú irás a la reunión o mandarán a Oscar?

—Iré yo —al confirmarle mi asistencia el rostro de Amado se relajó, aunque en su mirada cierto brillo no desaparecía.

Conforme con mis respuestas, Amado me comentó durante la comida que él era una pieza insustituible en el organigrama de don Pablo; además de ser su hombre de confianza, era su operador para la introducción de marihuana y cocaína a los Estados Unidos.

Advirtiendo que la botella de coñac se encontraba vacía y no tardaría en aparecer una llena, me despedí del capo y caminé al odioso elevador en el que bajaría más de cincuenta pisos para quedar sano y salvo en la entrada del edificio.

Al ir bajando en la claustrofóbica caja, el radio repiqueteó insistentemente y supe que algo ocurría: antes de salir de la oficina le había ordenado a mi secretaria que sólo se comunicara en caso de una emergencia.

—¿Qué pasa, Sara? —atento, escuché con detalle el problema que Luis buscaba solucionar y me apuré a llegar a mi auto; la situación era demasiado complicada para que mi hombre la enfrentara solo.

—Dime, Pepe —me contestó Alberto P. al tercer tono.

—Aquí molestándolo, señor, tengo problemas.

—¿De qué se trata?

Con todo profesionalismo, le hice saber al secretario personal del presidente la situación que se estaba viviendo en Mérida y de la necesidad de que interviniera para solucionar el problema. Tras analizar el escenario, Alberto me recomendó la participación del ejército para acudir al punto de impacto y asegurar la mercancía: por una falla mecánica, el Chiquis tuvo que aterrizar de emergencia, a escasos cincuenta kilómetros de la capital del estado, el *jet* de la Comisión Nacional del Agua con un cargamento de cincuenta toneladas de cocaína abordo.

—¿Entonces le avisó al general Arias?

—Sí, señor.

—¿Sí estas consciente de que tendrás que cubrir al secretario-general, abogado?

Con el conocimiento de que ya se habían pagado seis millones de dólares entre el presidente, el procurador y el director de la Policía Federal, le indiqué a Alberto que le ofreciera un millón de dólares al secretario de la Defensa por el favor que me haría.

Estando de acuerdo con su participación, el general Arias mandó a desplazar una docena de unidades aéreas para que rasuraran la zona. Al poco tiempo de haberse iniciado el operativo, un helicóptero halló el humo del impacto y se mantuvo volando sobre la aeronave: el comandante a cargo del operativo sabía de la importancia de la misión y no quería rendir malas cuentas a su superior.

Viajando la droga en un avión de la marina, Alberto se comunicó conmigo e informó que ya se encontraban trasladando el material a Sonora como se lo solicité.

—Háblale a Luis y coméntale que su encargo va en camino, Sara. En cuanto lo recoja de la base militar, dile que se comunique con Amado para dar por finalizada la operación.

—¿No sería más indicado que tú le marcaras?, digo, quizá el licenciado quiera hablar contigo.

—¡No quiero hablar con nadie ahora, Macias!, ¿entiendes? Así que déjate de pendejadas y márcale —a diferencia de otras ocasiones esta vez tuve que ser enérgico con Sara y le colgué.

XXVII

El sábado, día que teníamos la cita con Calderoni, me presenté en el aeropuerto de Toluca a las diez de la mañana y ya me aguardaban don Pablo Acosta, Amado y, para mi sorpresa, Omar Ríos.

—¡Qué puntual resultaste, abogado! —gritó Acosta al verme llegar.

En ese momento me hubiera gustado contestarle al capo la razón de haber llegado antes de la hora acordada, pero pensé que sería más conveniente hablarlo durante el vuelo.

Volando sobre la ciudad de Querétaro, me acerqué a Amado y su patrón para acordar los temas que tocaríamoꞌ al estar frente al comandante; sin rodeos, les hice ver la pꞌ sibilidad de que nos recibiera de una manera poco cordiaꞌ por lo que sería bueno que trazáramos una estrategia.

—Oye, abogado, ¿cuánto crees que esté bien que le ofrezca al Chaca? —al escuchar el interés principal de don Pablo y la forma en que pensaba convencer a Calderoni, me di cuenta del serio problema que teníamos. Sin duda, el federal acabaría con Acosta antes de que pudiera solicitarle algo.

—El dinero no es el problema, Pablo, primero hay que ver que Guillermo acepte el negocio.

—¿Me quieres decir que Calderoni no está de acuerdo en apoyarnos con los cargamentos, abogado?

—No es un hecho, Amado, él sabe que vamos a proponerle, y ahora depende de cómo se lo planteemos para que acepte o de plano nos mande a la chingada con todo y negocio —cuando terminé de hablar, Omar, aprovechando que el rostro de ambos narcotraficantes estaba desencajado, inyectó su veneno buscando ocasionar un desconcierto mayor.

—Ya me lo esperaba.

—¿Qué esperabas, Ríos?

—Que no podías llevar este asunto a buen término, así que mejor ordena que regresemos a Toluca y deja al Profesor atender este negocio personalmente —contrario a lo que Omar esperaba, dejé que Amado intercambiara algunas palabras con Acosta antes de poner en su lugar al abogado.

—Ya veo porque Cesar te mantiene ahora al margen de los negocios de droga, Ríos. Pero, bueno, dime de una vez si vas ayudar o sólo estorbarás.

—¿Qué quieres que haga, abogado? —respondió Omar violentamente, mientras en su rostro la sangre resplandecía.

Cerca de las cuatro de la tarde, cuando el sol se encontraba atormentando la tierra donde pastaban las vacas, Calderoni llegó al rancho acompañado de su escolta personal. La cita estaba programada para las tres de la tarde, pero seguramente el comandante quiso hacerle sentir a Pablo Acosta lo que le esperaba en la reunión.

—¿*How are you, lawyer*?, ¿*my people* te está atendiendo como te mereces? —me preguntó Guillermo al entrar a la sala.

Quitándome la oportunidad de hacer las presentaciones debidas, observé al comandante saludar a Omar Ríos, continuó con Pablo Acosta, a quien le regaló una mirada fría, y finalmente ocupó su lugar.

Durante la primera media hora de la entrevista Omar Ríos, quien debía tender los lazos entre Calderoni y Pablo Acosta, no hizo nada para relajar el ambiente, y esto me obligó a intervenir.

—Comandante, antes de continuar con el asunto que nos tiene aquí reunidos, si me permites, me gustaría entregarte un presente que el Profesor te mandó por las atenciones que te has tomado —al decir esto, saqué de mi portafolio un paquete azul y se lo entregué.

Como lo esperaba, en cuanto lo tuvo entre sus manos Calderoni rompió la envoltura sin ningún cuidado. Callado, contempló la caja negra que guardaba la hermosa maquinaria Suiza y finalmente la abrió. Al tener el Girard Perregaux colocado en su muñeca, esbozó una ligera sonrisa y alzó la cabeza.

—¡*Beautiful watch*, abogado!, por favor dele las gracias a mi *Godfather* ahora que lo vea.

—¿Ya viste que tiene tus iniciales grabadas en él? —la observación que le hice al comandante fue para hacerle ver que el reloj, que ahora lucía en su muñeca, era un regalo íntimo de Lugo.

El pequeño y simbólico obsequio dado a Guillermo, provocó un cambio radical en su conducta que se notó inmediatamente.

—*And tell me*, ¿en qué te puedo servir, Pablo? —pasmado ante la nueva actitud de Calderoni, y consciente de que no podía dejar pasar la oportunidad que se le presentaba, el Pablote habló.

—Pues, aquí me tienes Chaca, agradeciéndote que me hayas recibido en tu rancho.

—No hay porque darlas, Pablo. *You know* que las *doors* de mi *home* están siempre *opened* para mis *friends*.

—Pos, te lo agradezco y, si me lo permites, te quiero proponer un negocio.

—¿Negocio?, pues, *tell me*. Soy todo oídos.

—Pues, fíjate que necesito aterrizar mis avionetas por estos rumbos y pensé que me podrías ayudar con eso. ¡Claro!, si no te comprometo con el Sr. Gobernador —contestó Acosta siguiendo mis instrucciones.

—¿*Do you speak* sobre usar la pista que *I have en my ranch*, o *do you need* algunas rutas terrestres para llegar a la *border*? —preguntó Calderoni al sentirse degradado.

—Necesitamos todo, comandante. La pista, las rutas y tu protección, ¿qué dices?, ¿contamos contigo? —intervine al darme cuenta que la supuesta duda que manifestaba el federal era mal intencionada.

Conteniendo su ira, Calderoni se incorporó y dirigió sus pasos a donde se encontraba sentado don Pablo. Aquel simple movimiento del comandante provocó una gran tensión entre los presentes: Omar Ríos buscó ir al baño, Amado colocó su mano por detrás de la espalda y yo, simplemente le di otro trago a mi copa.

—¡*Come on*, Pablo! Me lo hubieras pedido sin tanta formalidad y no *only my ranch* estaría a tu disposición, sino mis *men too* —en un afán chingativo, al terminar de hablar Calderoni le propinó un par de palmadas en la espalda a Pablo.

—Am… ¡Amado!, entrégale al comandante el pequeño obsequio que le traje —ordenó Acosta mostrando un marcado tartamudeo al hablar.

El lugarteniente, quien hasta ese momento figuró en la reunión, tomó el portafolio negro que se encontraba a un costado de él y lo dejó a un cerca de mi pierna. No he de mentir, aquel gesto me agradó y decidí vaciar el contenido sobre la mesa de centro. Sabía que esto no era lo usual, pero confiaba en que don Pablo le ofreciera un buen presente económico a Guillermo.

—¡Creo que es hora de cerrar el trato con un abrazo, amigos! —exclamé, fingiendo cierta emoción al ver caer las fajillas una tras otra.

A diferencia de Calderoni, quien sostenía con la mirada el portafolio vacío, don Pablo no dudó un segundo en incorporarse listo para cerrar el trato; sabía que las fajillas de dólares rebosaban en la mesa y desde su primitiva forma de pensar el comandante no resistiría aquel cañonazo de dólares.

Sometiendo su enojo, y consiente que yo asesoraba a Acosta, Guillermo aceptó el empate que le proponía y extendido sus brazos en dirección a los del capo. Al ver su mirada, cuando las manos gordas del Zorro tocaron su espalda, comprendí que el convenio duraría mientras Calderoni ganar a muchos dólares.

Preocupado de que lo obtenido se viniera abajo, le indiqué a don Pablo que era el momento de partir. Sabía que no era conveniente permanecer más tiempo en el rancho.

—¡Oye, Pablo!, y ¿sí te comentó el *lawyer the cost* de la bajada y traslado de tu mercancía? —preguntó de la nada el comandante, con la idea de complicar las cosas un poco.

—Algo así de doscientos a cuatrocientos mil dólares, según el peso.

—Pos, te dijo mal, son quinientos mil dólares por embarque, pese lo que pese —al escuchar las nuevas cifras que el federal daba, me adelanté a mi cliente y cerré el negocio.

Yo si estaba consciente de que los cargamentos rebasarían por mucho el costo exigido por Calderoni.

XXVIII

Teniendo un vuelo con escasas sacudidas, el *jet* de don Pablo aterrizó cerca de las nueve de la noche en el aeropuerto de Toluca; desafortunadamente, el trabajo aún no terminaba para mí: por conducto de Ríos el Profesor me había citado en su rancho. Despidiéndome de mis compañeros de viaje, subí al auto y manejé en dirección a Atlacomulco. El Zorro, Amado y Ríos, acompañados de sus guardaespaldas, se dirigieron a la ciudad de México.

Mientras conducía por la oscura carretera federal de Toluca, acompañado del concierto de Brandemburgo, analicé en mi mente algunos detalles que, por lo arrebatado de la reunión, había tenido que pasar por alto al estar elaborando la trampa con la que cazamos a Calderoni. Finalmente, tras media hora de largas preguntas y cortas respuestas, concluí que sin duda el arribo tardío del comandante a su rancho no fue por una cuestión de hacer sentir a Pablo lo que le esperaba; la realidad era que las unidades militares a lo largo de la pista, los hombres armados en cada puerta y el helicóptero sobrevolando la casa, fueron medidas de seguridad que el federal tomó. Por lo visto, Calderoni nunca confiará en don Pablo.

Al arribar a Atlacomulco, las luces fantasmales del pueblo trajeron el dulce recuerdo de Refugio a mi cabeza. Sabía que ella se encontraba molesta por el cambio de planes pero, tarde o temprano, se tendrá que acostumbrar a ellos. Con la iglesia barroca del pueblo dibujada en el parabrisas, noté que al lado de esta se encontraba un puesto donde vendían café y pan dulce; apretando el pedal del freno, me detuve a un costado del restaurante callejero. Sabía que el Profesor y sus desquiciantes asuntos podían aguardar unos minutos.

—Buenas noches, seño.

—Buenas las tenga usted, patrón.

—Me da un café bien calientito y me sirve un par de panes, por favor —sin demora, la anciana sirvió en un jarro de barro una porción de la bebida y me entregó un papel para que tomara el par de bizcochos de azúcar que le había indicado.

Aún ahora, quince años después de aquella noche, me reconforta recordar el grato sabor del café que vendía aquella anciana. Nunca, pero nunca ha vuelto a ser tan agradable un tostado. La mezcla de canela, piloncillo, cáscara de naranja y madera, le daba un toque especial y único. Para mi mala digestión, me encontraba a la mitad del segundo pan cuando recibí una llamada de Luis Del Valle, quien me informó que se encontraba detenido en Guadalajara.

Conocedor de lo que estaba ocurriendo en Jalisco, le marqué a Sara para que se comunicara con Borbolla Coviza: necesitaba que mi amigo me firmara un amparo por el delito de contrabando de joyas a favor de mi secretario.

—En cuanto tengas el documento envíalo al aeropuerto, yo mismo iré por él y se lo presentaré al ministerio público federal.

—¿Y qué hago con el señor Colsa McGregor? Habla cada quince minutos para saber qué pasó con su mercancía.

—Dale este número para que se comunique conmigo —molesto por lo estaba ocurriendo con mi gente, me comuniqué con Rosales a su oficina.

Contrario a lo que esperaba, el procurador de Jalisco no evadió mi llamada y pude hacer de su conocimiento la detención de mi hombre, así como la caída del cargamento de joyas.

—¿Quién dices que lo detuvo?

—Por lo que me comentó mi secretario fue un comandante apodado el Birrias.

—¿El Birrias? A ver, espérame un segundo. Deja averiguo quién es ese pinche puto —con el auricular permitiéndome escuchar las preguntas que Rosales le hacía a su secretario particular, pude darme cuenta de que el procurador no tenía la menor idea de lo que había acontecido—. ¡Ya está, abogado!, en unos quince minutos soltarán a tu hombre y gente de mi escolta personal le llevará el cargamento a tu cliente.

—¿Qué decirte, Rosales?, me quitaste un peso de encima.

Ver la facilidad con la que el procurador resolvía los problemas, supe que Jalisco sería una mina para el cártel.

EN CUANTO LLEGUÉ al rancho, Emilio, el mayordomo, ya me aguardaba en la entrada de la casa. Al bajar del automóvil, el ojeroso trabajador me acompañó al despacho en donde, por indicaciones de su jefe, me esperaba.

Después de entrar a la siniestra habitación, lo primero que vi fue una montaña de diarios, detrás de ellos, descubrí el rostro de Lugo sumergido en un *journal* americano. Dejando el diario en su escritorio, el Profesor le solicitó a Emilio que le sirviera otra copa más de coñac.

—¡Eres un verdadero cabrón, abogado! ¡Este cordero me salió una fiera! —ante la algarabía de Cesar me hubiera gustado develarle los problemas que tuve que enfrentar por culpa de Ríos durante la cita; pero mi realidad era otra y opté por callar y aceptar aquella justa felicitación.

De acuerdo a lo que había organizado, las operaciones de bajada y traslado de marihuana y cocaína fueron un éxito los siguientes seis meses; meses en los que gané más de diez millones de dólares en comisiones. Cuidando ser relacionado, por lo cerca que estaban las elecciones presidenciales, Calderoni eligió mi despacho como centro operativo y cada semana mandaba al Chato para recoger su dinero.

—¡Ya sé cómo voy a solucionar tu asunto, abogado! —exclamó Gilberto, mientras palmeaba la pierna del abogado—. Por desgracia, no es un buen momento para cobrar favores, pero habiendo dinero de por medio, todo es aceptable.

Satisfecho por haber encontrado una solución al problema de su amigo, el doctor en Derecho caminó hasta la cantina y tomó la botella de Hennesyy xo. Después de llenar nuevamente su copa y darle un pequeño sorbo a su bebida, caminó pausadamente a su escritorio en donde levantó el teléfono.

—¡Oye, Pepe! ¿Crees que Aurora pague lo que voy a cobrarle?

—¿Cómo?

—¿Qué si crees que ella pague los diez millones de dólares que voy a pedirle?

—¡Puf! La verdad no sé pero… ¡No, ella pagará! —aseguró Lorenzana al recordar sus palabras.

—¿No se te hace mucha lana para que te quedes con el compromiso? —le preguntó, Gilberto, preocupado de que su amigo tendría que avalar el pago.

Con la mirada en el horizonte, el abogado analizó la situación antes de contestar... "El dinero lo puedo cubrir si algo sale mal y, si recuerdo bien, Aurora me dijo que pagaría lo que fuera para que le entregaran el cuerpo de su hijo. Aun así, mi maestro tiene razón, lo mejor será hablar con ella."

—¡Oye, Pepe! No olvides que este favor vale lo doble y...—me indicó mi amigo al verme con el celular colocado en el oído.

—¿Qué hay, abogado, qué noticias me tienes de mi hijo? —preguntó la doña al contestar.

Por el cruce de diálogos, José Ángel se vio en la peligrosa situación de tener que callar unos segundos antes de responderle a la mamá de Amado lo que estaba ocurriendo.

—Ya tenemos una respuesta positiva, sólo que es mucho dinero lo que me están pidiendo y necesito que autorice el pago antes de aceptar.

—Recuerda que vale lo doble, Pepe.

—Veo que no fui clara cuando te dije que se pagaría lo que fuera necesario, ¿no es así, mi'jo?

—Perdón, doña Aurora, usted fue bastante clara, pero lo que me están pidiendo son veinte millones de dólares y yo no puedo comprometerme a pagar esa cantidad sin su autorización.

—¿Quién está pidiendo tanto pinche dinero, abogado? —preguntó molesta la mamá de Amado, al escuchar la cifra solicitada.

—El magistrado Gilberto Borbolla.

—¡Uta, madre, sí que se vende caro el magistrado! Pues, si no hay de otra, ahora mismo te mando el dinero a donde me digas y de una vez dime cuáles son tus gastos para también enviártelos.

—Por mí no se preocupe, Aurora, al contrario, me he tomado la libertad de pagar los gastos del traslado de Amado a Sinaloa —con la experiencia que la vida le ha dado, ella prefirió callar en vez de dar una respuesta conciliadora.

Al terminar la llamada, el abogado giró la cabeza para informarle a su amigo que el pago estaba en camino; curiosamente, al encontrarse sus miradas observó a Borbolla Coviza colgar la bocina del teléfono.

—¡Bueno, esto ya está solucionado! Mañana al mediodía te darán el cuerpo en el SEMEFO, Pepe —evitando aunar en el tema, Gilberto le ordenó a su mayordomo otra copa de coñac y un par de habanos—. Pero cuéntame, ¿cuánto es lo que ganaremos en este asunto tan oscuro?

—Veinte millones de dólares es lo que pedí.

—¡Cobraste bien, Lorenzana!, pero, ¿cómo quedamos tú y yo en esto? De entrada ya sabes que la mitad del dinero es para Zorrilla.

—Usted parta como guste. Aquí su palabra es ley.

—Veo que lo lambiscón no se te quita, cabrón; pero, para ser justo contigo no cabe duda que sabes contestar correctamente —al concluir Borbolla Coviza su comentario, regresó a su lectura en espera del dinero.

Seguro de que las cosas estaban resueltas, el abogado colocó las manos detrás de la cabeza; al estar cerrando los ojos, el sonido del vaso, al chocar con el vidrio lo llevó a encoger la pierna que había estirado. Teniendo los ojos bien abiertos, José Ángel miró los residuos de whisky flotando sobre la mesa; aquella imagen, le recordó la mañana cuando iba a ser asesinado por el Memín.

POR UN ASUNTO que el procurador de la república me había encargado, viajé la primera semana de Octubre de 1986 a Guadalajara para entrevistarme con el director estatal de Centros de Readaptación Social de Jalisco. Desde un principio, supe que aquella cita era innecesaria pero tenía que cumplirla, de acuerdo a las instrucciones de Checo Gurría, por cuestiones de protocolo.

Cuando terminé de comer con Alejandro Romero, Director Estatal, decidí trasladarme a la cafetería del hotel para leer el par de expedientes que me había entregado. Al estar analizando las declaraciones de los agentes que detuvieron a mis clientes, fui interrumpido por el Memín, un ex judicial que estaba encargado de la seguridad del secretario de Agricultura de Jalisco, quien, sin rodeos, en cuanto tuvo mi atención hizo de mi conocimiento que Alejandro C. necesitaba de mis servicios y me ordenó acompañarlo al estacionamiento: en veinte minutos estaríamos en la oficina de su patrón.

Escuchar el tono altanero que empleó el hombre del secretario, al dirigirse a mí, fue suficiente para saber que tenía que escoger mis palabras con cuidando; sobre todo, vigilar que no sonaran frías cuando se enterara que estaba atendiendo un asunto de Gurría y no disponía de tiempo para visitar a su patrón. A pesar de ello, la respuesta no dejó de sorprender al Memin a quien se le trabó la mandíbula del coraje. He de confesar que durante algunos segundos disfruté el espectáculo que el gatillero me ofreció, pero, finalmente, le comuniqué al cenizo judicial que si deseaba mi ayuda tenía que informarme en ese momento de qué se trataba el asunto. Sin falta, en un par de horas le haría saber mi decisión.

Molesto por el nulo servilismo que mostraba, el secretario se comunicó con su patrón e hizo de su conocimiento mi propuesta; con la orden de Alberto habitando en sus oídos, el Memín no tardó en colgar y salir del hotel. Sin que lo intuyera, regresaría en unos minutos cargando el expediente de un tal Colorado.

Cuando el renegrido gatillero se perdió de mi vista, dos mil fojas se encontraban estacionadas en la mesa y el celular de Luis sonaba en la capital. Necesitaba que mi secretario averiguara la situación del expediente ARP/2345-82, sobre todo, saber si el recluso había sido consignado por orden del presidente o la Secretaria de Gobernación.

Despreocupado por que el asunto de Mireles se encontraba en proceso, regresé a leer los dos expedientes que me tenían en Guadalajara; el tiempo se agotaba y necesitaba hallar una laguna legal que le permitiera al juez, encargado del caso, poner en libertad a Rodrigo Murrieta, alias el Agave, y a Humberto Sierra, alias el C.D. Ambos se encontraban en espera de ser sentenciados por los cargos de portación de arma de uso exclusivo del ejército y tráfico de anfetaminas.

Noventa minutos después de mi encuentro con el Memín, por fin mi delincuente mirada descubrió, encerrada en una de las mil fojas del expediente de Humberto Sierra, la errada oración que el Ministerio Público Federal había anotado al tomarle la declaración al narcotraficante. Ligera, profesional, precisa, la falla necesaria para tumbar, de un sólo golpe, el caso. Satisfecho por haber encontrado el oculto tesoro, ordené otra copa de Buchanas 18 así como un plato de carnes frías; al estar aguardando mi encargo y con el puro bailando en el cenicero, recibí la llamada de Luis Del Valle dándome santo y seña del expediente que me había hecho llegar Alberto C.

Informado que había sido una orden presidencial la captura de Aguirre, me comuniqué inmediatamente con el Memín y le informé que no tomaría el caso. En cuanto escuchó mi decisión, el gatillero del secretario de Agricultura cortó la comunicación entre los radios y le informó a su patrón la noticia. No sé si fue el temor de ser asesinado o simplemente al secretario no le parecía que me negara a hacerle un favor, el caso es que cayó en el error de amenazarme. Me juró en más de una ocasión que si no tomaba el caso de su amigo mis días estaban contados.

Tras colgar con Mireles, y sabiendo que este tipo de advertencias eran de consideración, le llamé a Amado. Después de platicarle lo ocurrido al capo, él me notificó que una docena de sus hombres me protegerían. Con el teléfono aún en la mano, un grupo a cargo de un tal Graciano arribó al hotel y cuidó de mí hasta que reuní, seis meses después, mi propio equipo de seguridad.

Sintiendo la tranquilidad que me brindaban la docena de hombres, en dos días logré que el Agave y el C.D. pisaran las calles libres de todo cargo. Tras frenética fiesta que duró tres días en casa de Sierra, viajé a la capital en donde me reuní con el procurador Checo Gurría quien, agradecido por el magnífico resultado que le reportaba, se comunicó con Alejandro C. y le advirtió que si algo me pasaba lo encarcelaría en algún penal de alta seguridad los siguientes veinte años de su vida.

Pasaron siete meses para que, el 1 de mayo de 1987, minutos antes que empezara el desfile que conmemora el día del trabajo, el Memín cayera fulminado por tres balas que Graciano, quien lo encontró escondido detrás de una camioneta, le acomodara en la cabeza. Esa mañana me había reunido a desayunar con la hija de Joaquín R. líder del Sindicato de Petróleos Mexicanos, cuando al salir del Hotel Marquis escuché varias detonaciones y sentí un dolor agudo en el estómago. Sintiendo las ovaladas huellas de un par de balas almacenadas en mi chaleco antibalas, me di cuenta que los impactos no me liquidaron, pero sí provocaron que mi cabeza rebotara en el suelo y un río de sangre, que brotó de mi ceja, manchara las mangas de mi camisa. Cuando el secretario de Alejandro C. se percató que aún respiraba, intentó darme el tiro de gracia; para su mala fortuna, la pistola se le encasquilló obligándolo a buscar refugio entre las unidades que se encontraban estacionadas.

De poco le sirvió, mi jefe de seguridad ya le había cortado el paso y en cuanto lo tuvo a unos metros le vació su 45. Al enterarse que su hombre había fallado, el secretario intentó escapar en un *jet* particular. Desafortunadamente para él, un aviso a tiempo a Arévalo G. obligó a los pilotos a aterrizar en Monterrey: por orden del general, cinco cazas habían sido despachados con la orden de interceptar el *jet*.

XXXII

La voz de Oscar, a través del celular, anunciando la llegada del Abuelo, regresó el pensamiento de Lorenzana a la habitación. Al mirar la extensa biblioteca, el abogado sintió un ligero temblor en su cuerpo y se llevó las manos al estómago. Atento a lo que le sucedía a su amigo, y suponiendo el motivo, Gilberto le indicó a Roberto que abriera el portón: acababa de llegar el visitante que estaban esperando.

Sólo un par de minutos fueron suficientes para que el secretario del Viceroy entrara a la biblioteca seguido por el murmullo que hacían las ruedas de las maletas. Por el rostro que mostraba el sicario, más parecía que cargaba veinte millones de clavos que de dólares.

—Aquí tiene lo acordado, abogado; lo manda la doña con sus saludos y agradecimientos, ¿no? —indicó el sicario al buscar entregarle el dinero a José Ángel.

—Te equivocas, Abuelo, el dinero es para el señor magistrado.

—¿A poco?

—¿A poco qué, cabrón? —la violenta contestación de López Lorenzanas provocó que el magistrado interviniera.

—Deje las maletas sobre el escritorio, amigo —sin quitar la mirada del abogado, el Abuelo obedeció las órdenes de Borbolla Coviza antes de salir de la habitación.

Cuando la sombra del sicario ya no se dibujaba en la pared de la biblioteca, José Ángel tomó su celular para reportarle a doña Aurora la entrega del dinero. Sin darle algún tipo de detalles, la citó al día siguiente en la entrada del SEMEFO.

—¡Pero que pinche carácter tienes, Pepe!, ¿qué no sabes que una bestia como esa puede meterte cinco tiros en la cabeza y luego sentarse a fumar conmigo? —al escuchar el comentario de Gilberto, el abogado soltó una carcajada y le dio un trago largo a su bebida. —¿Te da risa lo que digo?, bueno, ¡como te valen madre mis advertencias, entonces saca el dinero y haz dos pilas iguales! —sin buscar apaciguar el enojo de su amigo, López Lorenzana comenzó a hacer los montones de dinero, mientras su maestro se acomodaba en uno de los sillones cercanos al escritorio.

Gracias a la práctica adquirida a lo largo de los años, el abogado terminó el trabajo encargado en menos de diez minutos; al darse cuenta de ello, el magistrado le ordenó regresar uno de los montones a la maleta más nueva.

—Bueno, Pepe, espero calmar tu apetito con este botín —comentó Borbolla, mientras aventaba una fajilla de dólares a escasos centímetros de la mano de su amigo.

—Claro que sí, Gilberto, te lo agradezco. Y si no tienes otra indicación me gustaría regresar a mi casa. Necesito descansar un poco.

—¡Ándale, Pepe! Vete con tu mujer y abrázala. No seré yo el causante de sus tristezas.

—Le daré tus saludos a Refugio, estará muy contenta de que te hayas acordado de ella.

—Hazlo, pero toma la maleta y llévala contigo. Recuerda que mañana es un día complicado y en una de esas tienes que salir de viaje urgentemente.

—Quizá, pero prefiero que la guardes unos días, Gilberto; ya sabes, por si hay mal tiempo en el camino.

—Veo que sigues siendo tan precavido como desde el inicio. Pero una cosa más, amigo, no te fíes de los Carrillo. Amado está muerto y no puede interceder por ti.

Contemplando desde el porche el exquisito jardín que María había diseñado antes de morir, el abogado respiró profundamente y le indicó a Oscar que estaba a un minuto de salir. Como un presagio, una ola de aire frío lo abrazó mientras abordaba su automóvil.

XXXIII

CIRCULANDO SOBRE el Periférico a la altura de Constituyentes, José Ángel se quedó parcialmente dormido y no se percató cuando una docena de camionetas, que lo estaban aguardando sobre la avenida las Águilas, le marcaron el alto a su automóvil.

Por esa razón, cuando el Aston Martin quedó completamente detenido y tres suaves golpes hicieron vibrar la ventana, su mirada fue de desconcierto.

—¿Qué chingaos está pasando, Oscar? ¿Qué hace el Abuelo parado en la ventana de mi auto? —le preguntó Lorenzanas a su jefe de escoltas de manera alterada—. ¿Qué?... ¡Me vale madre lo que quiera, Vicente! ¿Qué no ves al pinche simio parado frente a mí?

—Le repito, el Viceroy me tiene en su camioneta.

—¡Déjate de pendejadas y ven a quitar al puto simio de mí vista! —conociendo la forma de pensar del capo, el abogado sabía que su hombre no tardaría en arribar y se preparó a enfrentar lo que se le viniera encima.

Recargando el dedo anular en el gatillo del cuerno de chivo y acompañado de tres hombres, Oscar arribó a los cinco minutos hasta el Aston Martin y le indicó al Abuelo alejarse de la puerta.

Sin hacer el menor de los casos a las intimidaciones, pero evitando una posible confrontación, el gatillero le ordenó al socio acompañarlo a ver a su patrón.

—Ya se lo dije, abogado. A orden suya le disparo a Vicente y me vale madre si muero después —le repitió su jefe de escoltas buscando remediar su error.

A pesar de la pasión que su hombre le demostraba, José Ángel no estaba seguro del plan que le proponía y calló. La idea de un enfrentamiento en donde él podría salir mal parado no era una opción que le agradara, pero consciente de que no tenía otra solución, aceptó.

—¿Cómo estas, compa? —preguntó el capo, en cuanto Lorenzana abordó la camioneta blanca.

—Cansado.

—Me imagino… ¿Te parece si me invitas a tu casa y nos tomamos unos tequilas mientras platicamos?

—Faltaba más.

—Te vas conmigo o te vas en tu auto.

—Vámonos de una vez.

—¡Pues, vámonos! —buscando acortar la desventaja que sentía, el abogado aprovechó el corto camino que faltaba y regresó su pensamiento al instante previo a su salida de la casa de Borbolla Coviza.

¿Cómo pudo la gente de Vicente consumar la emboscada a la que fuimos objeto? Si no mal recuerdo fue hasta que salí de la casa que le informé a Oscar a donde me llevaría; así que por lo visto, alguien de mi equipo me traicionó, concluyó al vislumbrar, desde el cómodo asiento de piel, su casa.

Indicándole a su chofer estacionarse frente al zaguán de la residencia, Vicente le hizo ver al abogado que su verdadero plan lo conocería paso a paso. Con el motor de la Lobo apagado, el Viceroy colocó la pistola a un costado de su pierna y se relajó: sentir que su 45 Comando, con cachas de oro y una V de diamantes incrustada en ellas, estaba a su alcance, le daba la tranquilidad que necesitaba para encarar al abogado.

—¿Tons mañana nos darán el cuerpo de mi hermano, Pepe? —pronunció el capo, tras un par de minutos de sofocante silencio.

—Así es, Vicente. Mañana nos lo entregan —al escuchar la respuesta, el capo palmeó la pierna del abogado un par de veces y sonrió sutilmente.

Molesto por la actitud del Viceroy, José Ángel tomó uno de los habanos guardados en su saco y lo encendió. Sabía que el hermano de Amado se encontraba drogado y eso le dificultaba hablar con él.

—¿Cuánto costó el favor, Pepe?

—Pregúntale a tu mamá, ella autorizó el pago y no te puedo dar detalles sin su permiso.

—¡Chinga tu madre! ¡A mí no me salgas con tus mamadas porque aquí te mato, puto!

—¿Me matas? ¡De plano! Pues, te recuerdo que si quieres recuperar el cuerpo de tu hermano tendrás que calmarte, cabrón.

—¡No me quieras chingar, Pepe! O me dices cuánto se pagó o vas a valer madre, cabrón —ante el brillo asesino que habitaba en los ojos del Viceroy, Lorenzana analizó unos segundos la situación antes de responder.

—Veinte millones dólares —a pesar de ya conocer la cifra por conducto de su hermano menor, en cuanto escuchó la respuesta Vicente simuló explotar y le preguntó al abogado cuánto le había tocado.

En aquél momento de denuncias, el instinto ejercitado por años llevó a Lorenzana a mirar por el retrovisor y descubrir al Abuelo colocando los asientos de piel de su Aston Martin en la acera.

—¡No me chingues, Vicente! Bien sabes que Amado era tan hermano mío como tuyo —contestó López Lorenzana reprimiendo su enojo.

—¡Vete a la verga, cabrón!… ¡Mil veces a la puta verga! —le gritó el Viceroy un egundos antes de azotar la puerta de la camioneta.

En ese momento de verdades a medias, un hecho inesperado colocó la situación a favor de José Ángel: al bajar atropelladamente de la Lobo, Vicente tiró su celular y la voz del Abuelo se escuchaba reiteradamente.

—¡Puta madre, patrón! Aquí no hay ni un puto dólaruco, es más, diría que el Pepe está limpio como culito de bebé recién bañado —con aquella denuncia, finalmente el abogado supo lo que estaban buscando en el interior de su Aston Martin y no le importó que los asientos estuvieran deshechos.

Utilizando su única ventaja, Lorenzana tomó el celular, del piso de la camioneta, e intentó hacerse pasar por el capo.

—¿Cómo es posible esto, Abuelo?, ¿qué pendejo dices que te dio la información? —tal vez la voz de José Ángel no sonaba muy parecida a la de Vicente, pero sabiendo lo drogado que se encontraba su patrón, el Abuelo no dudó en contestar.

—Yo le advertí que Oscar nos daría pura caca de información, ¿no? —la respuesta del secretario fue un tiro a la cabeza del abogado, quien al enterarse que su jefe de escoltas lo había traicionado casi se desmaya en el asiento.

Contrariado, Lorenzana abrió la puerta de la camioneta portando en la mano derecha el celular de Vicente y en la izquierda la 9mm que Oscar le había dado como parte de su plan.

—¡Vicente! —al escuchar la voz del abogado, el capo volteó justo a tiempo para atrapar el móvil.

Respirando lentamente, y con el arma entre sus dedos, José Ángel se dirigió a donde se encontraba Oscar, mientras recordaba la noche en que Gerardo murió. Noche en la que Oscar, demostrando una gran fidelidad y valor, recibió como premio el puesto de su jefe de escoltas.

DESDE UN INICIO el trabajo que Cesar Jr. me solicitó ejecutar no fue de mi agrado. Más que cualquiera sabía lo que implicaba una intromisión al territorio del Osiel Cárdenas, alias El loco, sin su autorización. Para mi mala suerte, tampoco podía solicitarle el servicio al capo ya que sospecharían que la efedrina, que le venderíamos a la DEA, era parte del cargamento que el ejército le decomisó en Cancún.

Como una consideración al Profesor, el 13 de Febrero de 1990 me dirigí al aeropuerto de la ciudad de México, en donde, alrededor de las cinco de la mañana, recogería las ocho latas del químico.

—¡Qué gusto verlo por acá, abogado! Oiga, se le hizo temprano, ¿verdad? —me preguntó el director del aeropuerto como una forma de hacerse notar.

—Para nada, licenciado, al contrario, en los negocios hay que madrugar para que todo salga bien —le contesté al simpático hombre, quien era protegido del Secretario de Comunicación y Transporte.

—¡Claro!, tiene usted mucha razón y...

Como Rodrigo Peña no era una persona con la cual me importara mantener una plática en ese momento, continué mi recorrido hasta llegar a las oficinas de la federal, en donde el comandante Nino me informó que el avión que nos trasladaría a Ciudad Juárez estaba listo. Sólo faltaba que su personal revisara su equipo y en breve lo abordaríamos.

Enterado de la situación, tomé uno de mis habanos y sentí un ligero escalofrío al recordar la estupidez que estábamos a punto de cometer. Buscando alejarme de aquel tétrico pensamiento, me serví una taza de café y acomodé mi cuerpo en uno de los sillones que vestían la oficina del Yanqui. Justo a las seis de la madrugada: Gerardo, Oscar, el comandante Nino, cinco de sus hombres y yo, abordamos el Boeing-727 perteneciente a la Policía Federal.

A diferencia de otros vuelos, éste fue de excesivas subidas y bajadas estrepitosas, lo que en mi caso era un mal augurio. Con el estómago repleto de pastillas para el mareo, varios minutos en el baño y varias mentadas de madre para el piloto al descender del avión, llegamos a la casa de Ricardo Mondragón a bordo de una camioneta alquilada en el aeropuerto.

—¡Pasen, muchachos!, ¡pasen!, esta es su casa —nos repetía de una manera cordial el intermediario de la DEA, mientras penetrábamos a la ostentosa residencia y ocupábamos un lugar en los atigrados asientos de piel de la sala.

—Pues bien mi estimado, como sabe en estos negocios no se confía del todo en nadie, así que muéstreme el dinero y de una vez cerramos esta operación —le comunicó el comandante al tal Mondragón mostrando nuestra postura.

Molesto por la desconfianza de Nino, el regordete hombre abandonó el salón y regreso cargando un portafolio de fina piel italiana.

—Aquí tienen lo acordado, comandante —resopló el hombre al llegar a su asiento.

—Y, ¿esta chingadera qué es? —contestó el yanqui en tono molesto a Ricardo. El comandante, al igual que yo, sabía que en el portafolio no cabía tanto efectivo.

—El dinero, ¿qué más puede ser, comandante?

—¡Las nalgas de tu puta madre! —ante la explosiva reacción de Nino, el simpático hombre calló al tiempo que su rostro se desencajaba al no poder creer que, en su propia casa, alguien se atreviera a hablarle de esa manera.

—No quieras ganar a la mala, Richar, ¡piénsale!, nosotros ya sabemos que en el portafolio, que tanto columpias, no hay dos millones de dólares.

—¡Pero sí los hay, abogado!, si quiere se los enseño —la seguridad que el hombre mostró al hablar nos puso a dudar.

No entendíamos cómo tantos dólares se encontraban recluidos en tan corta y cruda piel de bovino.

—¡Enséñamelos! —replicó Nino, mientras de la cintura tomaba su 99mm. Revelando una gran parsimonia, el regordete hombre le quitó los seguros al portafolio y expuso el contenido; al revisarlo, nos percatamos que había doce fajillas de dólares y, junto a ellas, en el costado izquierdo, se encontraban dos documentos bancarios con el valor de medio millón de dólares cada uno —. ¿Y esta chingadera qué es, pinche gordo?

—¡Pos, el dinero! ¿No lo ve?

—¡No mames, cabrón!, ¿qué?, ¿vas a mandar a la desvirgada de tu vieja a cobrar los cheques?

Teniendo la seguridad de que esto era una trampa y aprovechando que el comandante tenía entretenido a Mondragón con sus insultos, tomé mi celular y le indiqué a la gente que se alejara con la mercancía. Sabía que en cualquier momento la gente de Cárdenas irrumpiría en la casa a punta de madrazos.

—Si no están de acuerdo con la forma de pago es mejor que se marchen, ya me cansé de sus insultos —nos inquirió de pronto el rojizo hombre al cerrar el portafolio.

—¿De qué me hablas pinche, gordo?, ¿cómo que nos vayamos? Mejor apúrate y ve a traer nuestro dinero.

A pesar de los esfuerzos que realizaba Nino para que la operación se lograra, el rostro apático que mostraba Mondragón fue la prueba de que la gente del Loco nos estaba aguardando en la calle.

—¡Es una trampa, comandante! —exclamé al levantarme del asiento y patear el portafolio.

Al escucharme, Nino tomó su pistola y sin titubear le disparo a Ricardo, quien cayó al suelo instantáneamente. Tras las detonaciones, más de veinte hombres de Cárdenas penetraron a la casa en medio del intenso fuego de nuestra gente.

—¡Agáchese, abogado! —me indicó Gustavo, mientras recargaba rápidamente su ametralladora.

—¡Pásame el arma que te sobra, Nino! —grité no muy seguro de la acción que emprendía, sobre todo, porque era originada por el temor de saber que las señales de celular habían sido bloqueadas.

Dentro de la casa las balas surcaron al principio de norte a sur y viceversa, después, las bajas de nuestros hombres hicieron que sólo emanaran del norte. Tras media hora de tiroteo, únicamente quedábamos vivos el comandante Nino, Gustavo y yo, en mi caso, era inexplicable que siguiera con vida. Las intensas ráfagas habían acabado prácticamente con los muebles, las lámparas y parte de los muros, quizá los gatilleros recibieron la orden de no matarme o quizá esa mañana Dios creyó que había hecho algo bueno en mi vida y me correspondió.

Cualquiera que haya sido la opción, ninguna me brindó la esperanza que sentí cuando la voz de Gerardo y Oscar atravesaron las filas del enemigo.

—¡Abogado!... ¡Abogado!, venimos por usted. ¿Dónde anda? —escuché la voz de mi jefe de escoltas a cortos pasos de mí.

Reunido con mi gente, el comandante me indicó que lo mejor sería correr a la parte alta de la casa y comprobar si desde ahí los celulares funcionaban. Nino estaba seguro que no resistiríamos otra media hora y lo mejor era crearse una oportunidad de sobrevivir.

—Gustavo y Gerardo protegerán al abogado. Recuerden que, en cuanto asome la cabeza, estos cabrones van a tirar hasta piedras con tal de matarlo.

—¡No creo que sea una buena idea, comandante! —exclamó Oscar, sorprendido con su negativa a Nino, quien sonrió y recargó la ametralladora contra el pecho de mi hombre.

—Tú vas conmigo, muchacho, sólo espero que no se te arrugue la piel cuando estemos disparándoles a estos putos.

—Ya me conocerá y veremos quién se raja primero, comandante —le refutó Oscar valientemente.

A la señal de Nino, Gerardo corrió rumbo a las escaleras seguido por Gustavo y por mí. Oscar y el comandante fingirían una contraofensiva para lograr nuestro cometido. Al inicio, los disparos de AK47 y la detonación de una granada hicieron que la gente de Cárdenas se replegara; para nuestra mala suerte, el Chocorrol, hombre de gran experiencia en estas situaciones, descubrió nuestras fugitivas sombras y no tardó en arremeter con su R15 contra ellas.

—¡Machacas!, ¡tírales, cabrón!, intentan pelarse por la azotea —le gritó el gatillero a su secretario, para que saliera de su escondite y enfrentaran a los dos hombres que les disparaban.

Dando grandes zancadas llegamos a la azotea cuando el fuego había cesado, al parecer, sólo Gerardo y yo seguíamos vivos. Bañados en pólvora y tierra, separé cuidadosamente la rejilla de ventilación para escondernos. Con el sol iluminando la azotea, finalmente los hombres de Cárdenas subieron y revisaron el lugar. Por lo que lograba escuchar desde nuestro escondite, el Chocorrol estaba seguro de que nos encontrábamos escondidos en aquellos cien metros cuadrados, y comenzó a gritar frases conciliatorias a cada paso que daba.

—¡Abogado!, ¡sólo queremos la efedrina!, ¡no tenemos nada en contra tuya!, ¡danos lo nuestro y vete! —gritaba el secretario de Cárdenas, una y otra vez, mientras la respiración invadía nuestro corto y sofocante escondite—. ¡José Ángel, sé inteligente!, ¡de ésta no saldrás vivo si no entregas la mercancía, compadre! —la poca imaginación de los gatilleros, así como la escasa luz que la luna les proporcionaba ahora, fue el factor que los obligó a abandonar la azotea tras siete horas de búsqueda—. Usa las granadas y vuela la casa, Negro. ¡Estos cabrones a huevo están aquí escondidos! —ordenó el Chocorrol al ir bajando a la planta principal.

Cuando las pisadas se transformaron en murmullos, salimos de nuestro escondite e inmediatamente charlé con Gerardo sobre lo que haríamos ahora que la casa estaba a punto de desaparecer. No teniendo muchas opciones, concluimos que brincar a la oscura alberca, en cuanto las explosiones comenzaran, sería nuestra única alternativa.

Mientras acordábamos qué lugar ocuparíamos al chocar con el agua, mi jefe de escoltas entró en pánico y, sin poderlo detener, bajó a toda velocidad las escaleras. Para su fatídica suerte, el comandante Nino y Oscar se encontraban en la planta baja de la casa y, al escuchar los pasos venir hacia ellos, pensaron que se trataba de gente de Osiel y le reventaron el cerebro de catorce impactos de arma larga.

—¡Vale verga! ¡Vale verga, comandante! ¡Maté a Gerardo! —gritó Oscar de forma desesperada al ver el cuerpo de su amigo en el suelo.

—¡Contrólate, muchacho! Tu amigo fue quien nos traicionó —le indicó el comandante al sujetarlo de los hombros fuertemente

—¡No mame, comandante!, ¡él me salvo la vida en más de una ocasión y ahora me quiere hacer creer que era una rata!

—Era una rata, si no me crees revisa el interior de su celular, muchacho.

—Para empezar deje de llamarme muchacho y, para terminar, más vale que encuentre algo que justifique lo que me está diciendo o lo voy a matar aquí mismo. Recuerde que no me ha dicho cómo sabía lo del muro falso en la cocina —le gritó Oscar a Nino, mientras le apuntaba con su escuadra.

—¿Sabes lo que pasará cuando esto termine, muchacho? —sin contestar, mi hombre estrelló el celular de Gerardo contra la pared procurando que éste no se desbaratara por el golpe; de esa manera, fue como Oscar comprobó que un transmisor, ajeno al equipo, bloqueaba la señal de los demás celulares.

Por mi parte, al escuchar las voces de ambos bajé a ver qué ocurría y comencé a interrogar a mi hombre

—¿Dónde está el material, Oscar? —le pregunté al ver el cuerpo de Gerardo tirado y delante de él.

—Escondido, abogado.

—¡No me chingues, cabrón!, quiero saber en qué sitio está —al enterarme de que las latas se encontraban escondidas en el avión me sentí más tranquilo; fue muy arriesgada la decisión que tomaron, cuando les ordené esperar con el material, pero era un hecho que la gente de Cárdenas nunca buscaría ahí.

Con el temor de que el sonido de las balas hicieran regresar a los hombres de Osiel, tomé el celular, que ya servía, y me comuniqué con el procurador de la república. Necesitaba de su ayuda urgentemente.

—Así es, Enrique, me tendieron una trampa.

—Cálmate, Pepe, ahora mismo le ordeno a Aníbal Pérez que te rescate. Por lo pronto escóndete en lo que llegan los muchachos.

—Así lo haré, compadre. Te lo agradezco —en menos de veinte minutos, un equipo especial del SWAT llegó en nuestro rescate.

—¿Usted es el abogado José Ángel López Lorenzana? —me preguntó el oficial a cargo del operativo.

Enterado de que había encontrado a su hombre, el federal me comunicó que personal de la DEA estaba aguardando mi llegada en una de sus casas de seguridad. Confundido por el comentario, le pregunté al oficial a qué personal se refería; sonriendo por mi duda, el enorme agente me informó que el procurador en persona había hecho un trato con los gringos para venderles la efedrina.

Tras escuchar el segundo favor que me hizo mi compadre, enumeré en mi cabeza cada una de las artimañas de las que se había servido Cesar Ron para fraguar su fallido plan: no sólo le había informado a Cárdenas quién tenía su mercancía, sino además, compró a mi jefe de escoltas y armó toda una escena para que cayera.

Custodiado por quince agentes de la Procuraduría, arribé a una casa que se encontraba en la calle Cerro del Grillo, en la colonia Colinas del Sur, a no más de tres kilómetros del aeropuerto. Dentro del inmueble, los rostros aburridos de los gabachos me dieron la seguridad de que la operación se concretaría.

XXXV

Parado a quince metros de su jefe de escoltas, José Ángel le hizo una seña a Oscar para que se acercara: el factor sorpresa estaba de su lado y lo aprovecharía. Alejado su pensamiento de las funestas intenciones de su jefe, el confiado hombre salió entre los árboles mientras el humo del tabaco cubría sus manos que portaban el inseparable R15. En ese momento, López Lorenzana comprendió que aquel hombre, al que le había confiado su vida por más de diez años, hubiera sido su verdugo si la suerte no estuviera de su lado.

Dándole una última fumada, el abogado tiró el puro al suelo y cientos de chispas iluminaron sus zapatos; al panear la mirada, descubrió que Vicente tenía más de treinta agentes de la judicial acompañándolo y sabía que era poco, pero muy poco probable que a todos aquellos hombres les pasara desapercibida la presencia de Óscar en medio de aquellos árboles. Seguramente a su jefe de escoltas se le permitió colocar en dicho sitio para que, a una señal del capo, disparara contra él.

Justo a la mitad de la calle, José Ángel se encontró con Oscar quien le mostró sus dientes amarillos iluminados por la luz que de las farolas emanaba. En ese instante, en que los recuerdos pasan en un segundo, se escuchó por el celular la voz del Abuelo avisándole al gatillero que el abogado había descubierto la trampa y su colaboración en ella. Estrujando los dientes, Oscar sintió un intenso frío recorrer su cuerpo y su sonrisa desapareció al descubrir, en la mano de su patrón, la 45 Comando que ya se levantaba hacía su rostro.

Previo a vaciar el cargador en el pecho de su hombre, Lorenzana alcanzó a escuchar la voz de Vicente pidiéndole detenerse. Demasiado tarde, el traidor salió volando más de tres metros hasta caer nuevamente en la capa asfáltica. Con el rostro salpicado de sangre y la ira trémula atada a sus ojos, el abogado aventó el arma a los pies del difunto y se dirigió hacia donde se encontraba parado el Viceroy, quien no podía creer lo que había presenciado.

Al ver los guardaespaldas la intensión de José Ángel, levantaron sus armas y le indicaron detenerse. Rehusándose a obedecer las advertencias, Lorenzana avanzó sin cambiar de rumbo. Sabía que el porvenir de su familia estaba asegurado si moría: los diez millones de dólares que guardaba Gilberto, más el dinero en los bancos alemanes, suizos, ingleses, italianos, chinos; las propiedades que tenía a lo largo del mundo, las empresas, colegios y los lotes de joyas que guardaba en su caja fuerte, daban fe de ello.

—Buenas noches, Vicente —pronunció al pasar a un costado del capo y con la firme intensión de entrar a su residencia.

Antes de abrir la puerta e ingresar a su propiedad, el abogado se detuvo lo suficiente para ordenarle al Abuelo que llevara su automóvil a reparar. Dentro de su propiedad, caminó sobre el cálido mármol que rodeaba el jardín y, gracias a la brillante luz de la luna, observó su cara entintada, su cabello rígido, los labios resecos y el tic que emanaba de su ojo.

Parado en el recibidor, Lorenzana se detuvo en la cantina y se sirvió un whisky, lo bebió y, seguro de que su mujer fue testigo de la ejecución que acababa de cometer, se sirvió una copa más. Sabía que al llegar a la recámara se encontraría con el semblante de su esposa clavado en la televisión y vino a su mente la mañana que mataron a Manuel Buendía.

XXXVI

AQUEL LUNES 30 de Mayo de 1984 fue un tatuaje grabado en nuestras mentes, a pesar de que mi intervención en la muerte del periodista no existió plenamente, Refugio pensó que nuestra presencia en el restaurante, cuando mataron a Manuel, no fue por casualidad. Desde esa ocasión, cada vez que hay un muerto alrededor de mi vida ella se refugia en la pinche televisión, como si con ello resolviera las cosas. Lo que nunca comprendió es que el puto periodista se creía muy cabrón, sólo a un pendejo descerebrado se le ocurre publicar una foto tan comprometedora. Si no mal recuerdo, y vaya que han pasado los años, se encontraba Amado, Lugo, el gobernador de Guerrero, el secretario de hacienda, un par de generales y yo. Todos celebrábamos el bautizo de la primogénita de Calderoni quien, por casualidades de la vida, no salió adornando la toma.

Para la mala suerte de Buendía, cuando el problema estalló la mitad de los diarios en el país eran propiedad del grupo, por lo que fue fácil silenciar la nota; además, como todos los periodistas, Manuel tenía la cola cagada y la foto que publicamos en la primera plana en donde se le ve acompañado por el escultural Francis, en la entrada de un hotel, fue suficiente para que la gente, quien está más al tanto a esas pendejadas, lo empezara a señalar por la calle, mientras le gritaban. "Salúdame a Francis, puto".

Así de fácil fue que el pueblo se olvidó de nosotros, pero nosotros no de Buendía quien, confiado que había pasado un año y nada le había ocurrido, empezó a caminar por las calles sin ningún tipo de seguridad. Fue entonces que el general Acosta nos presentó al C.H. En aquellos días él era un tipo echador pero con poca experiencia, eso sí, con muchos huevos e inteligencia. Así que si algo salía mal podíamos prescindir de él.

De acuerdo con el protocolo de operación, Cesar fue el encargado de contratar a un par de matones de los Ángeles para que, en el caso de que el C.H. fallara, ellos terminarían con su vida. La verdad es que el morro no sólo nos sorprendió por tener iniciativa, sino además, por que tuvo el descaro de escogerme como testigo de la ejecución.

Aún recuerdo que al estar desayunando en la terraza del restaurante La Mansión, en la zona rosa, se escucharon tres disparos y, sorprendido por las detonaciones, me levanté de la silla para ver lo que ocurría: desde uno de los balcones, que dan a la calle, logré ver el cuerpo de Manuel tirado a media acera. Fue entonces, acompañado de Refugio, que el C.H. cometió la burrada de bajar la velocidad de la moto y brindarme un saludo hitleriano. ¡Hijo de su pinche madre! El muy cabrón pensaría que se encontraba en un desfile militar o algo por el estilo. La cosa es que a partir de ese día mi mujer se pasa viendo la televisión cada vez que llego tarde; no sé si para comprobar que no he matado a alguien o para asegurarse de que no he muerto en algún ajuste de cuentas.

XXXVII

EL RUIDO DE LOS AUTOS al entrar a la casa y la voz alterada de Agustin, dando órdenes al personal, acentuó el dolor de cabeza de José Ángel quien, sin desearlo, tiró la copa en la cubierta de la cantina y sintió como el líquido bañaba las mangas de su camisa; molesto por lo ocurrido, el abogado aventó la copa al suelo y comenzó a subir los escalones que lo conducían a su habitación.

Lejos del escenario que esperaba encontrar, al llegar a la planta alta Lorenzana miró a su esposa portando en la mano derecha un vaso lleno de whisky. Al tener la cadera de Refugio entre sus dedos, acarició el abultado vientre de su mujer sabiendo que sus pasos los llevarían hasta la cama en donde, por fin, descansaría.

XXXVIII

DIBUJÁNDOSE EL SOL en la ventana, el abogado abrió los ojos descubriendo el dulce rostro de Refugio a tan sólo unos centímetros del suyo; sin despertarla, abrazó el cuerpo de su amada esposa mientras respiraba el embriagante perfume que la maternidad le había otorgado. Hacía días que no se daba tiempo para disfrutar la sensación beatificante de saber que alguien lo ama.

Justo a las ocho de la mañana, escuchando los ruidos de las aves en el jardín, Lorenzana hizo a un lado el fino edredón que lo cubría y entró al baño. Sin proponérselo, miró su rostro en el espejo y no encontró huella que le recordara lo ocurrido anoche. Dentro de la ducha, sintió como el agua le generaba un efecto reconstituyente en su ánimo y permaneció por más de veinte minutos bajo la sudorosa regadera que vaciaba su tibia sustancia en él. Creía que de esa manera los segundos se extraviarían entre las cortas líneas del azulejo, permitiéndole borrar el pasado.

Luciendo un elegante traje negro Brioni, zapatos Ferragamo, camisa Burberry y mancuernillas Dupont, el abogado salió de su habitación y caminó rumbo al comedor. A tan sólo un par de metros, Clara, el ama de llaves, le informó que su señora había dispuesto que el desayuno se sirviera en la terraza.

Mirando los dos servicios aristocráticos en la mesa, cortejados por un florero lleno de exquisitos girasoles, Lorenzana arribó al paradisiaco lugar y Hortensia, una de las cinco sirvientas, se acercó a llenar su tasa con café recién hecho. Con la incertidumbre de saber a qué hora volvería a probar alimento, ordenó que le sirvieran un plato grande de frutas, carne asada con chilaquiles, jugo de naranja y café.

Saboreando los bocados que desaparecían del hermoso tenedor de plata, José Ángel aprovechó el tiempo y combinó el masticar con la lectura del periódico: por lo ocurrido anoche era conveniente estar al pendiente de alguna fuga de información. En cuanto llegó a la nota roja, la revisó un par de veces y no encontró alguna noticia que pusiera en riesgo la operación, en cambio, descubrió que las piezas del ajedrez se empezaban a mover y miró el nombre de Tomas McGregor escondido en uno de los párrafos inferiores de la página.

—Con múltiples lesiones en la espalda, pecho, brazos y piernas, provocadas por haber sido arrastrado en el asfalto por más de cien metros, murió ayer Tomas Colsa McGregor... —al terminar de leer el reportaje, José Ángel aceptó que la muerte de Colsa era por una cuestión de orden y no de venganza.

Durante diez años el joyero fue uno de los principales lavadores de dinero de Amado y, con su muerte, las huellas del capo empezaban a desaparecer.

—¿Quieres que te calienten la carne o te sirvan algo más de café, amor? —sin proponérselo, la pregunta de Refugio regresó el pensamiento de su esposo a la terraza cubierta de flores y a un desayuno que se enfriaba entre adjetivo y sustantivo.

Sin emitir palabra, Lorenzana dejó el periódico encima de la mesa y continuó desayunando: las manecillas de su reloj marcaban las nueve y media de la mañana y contaba con veinte minutos para salir rumbo al SEMEFO. Terminado su café de un sólo trago, se acercó a Refugio y la besó delicadamente al despedirse de ella.

Con pisadas mudas, el Abogado bajó lentamente las escaleras pensando la forma en que sacaría el cuerpo de Amado Carrillo de la institución; estando a escasos metros de la entrada principal, su pie derecho estuvo a punto de chocar con la pantorrilla de Agustín quien no tardó en entregarle el portafolio.

Para sorpresa de ambos, al abrir la puerta de la casa no sólo se encontraron con el Jaguar aguardando su llegada, sino, además, recargado en una de las columnas de mármol, Manolo del Caño se encontraba esperándolo.

—Buenos días por la mañana, Señor —pronunció el hombre al enderezar la postura.

—¿Qué pasó?

—Disculpe que lo moleste pero necesito hablar con vos —al escuchar la solicitud del Gringo, como lo apodaban, Agustín intentó disuadir a su patrón indicándole la hora.

Haciendo caso omiso a su chofer, José Ángel le ordenó a Manolo seguirlo hasta el jardín. Aquel hombre había sido enviado por su amiga Verónica para que lo protegiera y no le cabía duda que eso estaba haciendo.

—¿Dime para qué soy bueno? —prorrumpió el abogado ante la mirada desconcertante de Refugio, quien los miraba desde la terraza platicar entre los ciruelos, limoneros y demás árboles frutales, que hacía diez años ella había plantado en el jardín.

—Ni mi equipo ni yo lo abandonamos anoche, si no regresamos a donde estaba detenido fue porque así nos lo ordenaron —angustiante le resultó aquella disculpa al abogado, quien estaba en el entendido de que las tres escoltas habían sido interceptadas por el personal de Vicente—. Un par de veces estuvimos a punto de ir por usted, pero Agustín nos daba la orden de mantenernos en nuestra posición y...

—Se llama Oscar, no Agustín.

—No, señor, fue Agustín quien nos ordenó aguardar afuera de la casa, me dijo que Vicente estaba platicando con vos —en un último intento, en ese momento climático de la plática, Agustín apareció con el celular de su patrón en la mano.

—¡Le habla el sub-procurador! —al escuchar los pasos de su chofer acercándose, Lorenzana le hizo una seña a Caño para que se callara.

—Villalobos

—¿Cómo estas, Pepe?

—¿Para qué soy bueno, licenciado?

—Ya tengo resuelto tu problema.

—Te escucho.

—Cinco millones de dólares es el precio —al escuchar las pretensiones del funcionario el abogado se molestó, pero continuó la conversación tratando de que su molestia no se notara.

—¿Cinco millones quiere el procurador?

—¿Precio amigo? —ante el descaro de Villalobos, José Ángel decidió ponerlo en su lugar y atacó.

—¿Este arreglo que me ofreces ya lo sabe el presidente, licenciado?

—¿El presidente? No entiendo qué tiene que ver él en este asunto.

—Te pregunto porque ayer el Dr. Borbolla me hizo el favor de llamarle para arreglar el asunto de Amado.

—¡De eso no te sé decir nada! ¡El trato que te ofrezco vale cinco millones de dólares! —respondió Nicolás irritado y a punto de toser.

—¿Qué garantía tengo de que me entregarás el cuerpo? No olvides que cancelaré mi arreglo con Zorrilla —Lorenzanas nunca escuchó la respuesta del subprocurador, quien simplemente colgó su teléfono.

Esa mañana de primavera sería la última vez que el abogado hablaría con Villalobos Cornejo. Una semana después de aquella conversación la foto de Nicolás, al lado de una pequeña nota, apareció en la plana principal de los diarios nacionales:

Ayer, por la mañana, una vez más Tijuana vivió horas de angustia cuando un comando fuertemente armado terminó con la vida del subprocurador Nicolás Villalobos Cornejo y tres de sus escoltas, mientras realizaba una inspección en el deportivo Alemán.

Consciente de la hora, Lorenzana abandonó el teléfono en la bolsa de su saco y caminó acompañado de Manolo al interior de la casa.

—¿Qué más pasó, Caño? —le preguntó el abogado al atravesar la sala de té.

—Dos veces le pregunté a Oscar si requería de nuestro apoyo, pero Agustín intervenía y nos pedía que aguardáramos afuera de la casa —pensativo, el abogado guardó silencio por un momento y aceptó que su jefe de escoltas no había actuado sólo.

Al llegar al Jaguar, y seguro de que las trampas continuarían, José Ángel le informó a Manolo que sería su nuevo jefe de escoltas. Colocando el portafolio en el asiento trasero, regresó a su casa en busca de su esposa.

—¿Qué está pasando, mi amor? —susurró Refugio al sentir los brazos de su marido envolviéndola de manera extraña.

—Quiero que te vayas a la casa de Toluca en cuanto me marche.

—¿Estarás bien?

—Sólo es por precaución, amor…. Sólo eso —susurró el abogado buscando tranquilizar a su mujer.

—Ok, tomo algunas cosas y me voy —entregada, la mujer rodeó con ambos brazos el cuello de su esposo y lo dejó partir.

SEGUIDO POR CUATRO camionetas, el Jaguar avanzó rápidamente entre los carriles del Periférico hasta tomar el Viaducto. Al comprobar que llegaría a tiempo a su cita, Lorenzana le solicitó a Agustín su celular con el pretexto de que había olvidado el suyo en casa. La verdad era que el abogado necesitaba escuchar la forma que Vicente contestaría la llamada.

—¡Ya no me marques o te mato, puto! —exclamó el Viceroy segundos antes de colgar.

—¿Qué pasa patrón?, ¿todo está bien? —preguntó el chofer al observar que Lorenzana aventaba el celular contra el asiento.

—¡Estas madres que no funcionan! —al enterarse que había irritado tanto a su jefe, el chofer se sintió confiado de que su nombre no estaba involucrado en lo sucedido anoche.

Quince minutos antes de las once de la mañana, el Jaguar arribó al SEMEFO y José Ángel descubrió que la mamá de Amado ya se encontraba en la puerta principal.

—Buenos días, Aurora —pronunció el abogado al llegar corriendo y un poco despeinado.

Sin contestar el saludo, ella tomó del brazo a Lorenzana y lo condujo al interior de la Hummer en que viajaba: necesitaba tener una charla previa con él por lo ocurrido en las últimas veinticuatro horas.

Sin mostrar su enojo, él escuchó a Aurora hablar de su amor hacía sus hijos, de las penurias que habían vivido cuando eran chicos y del cariño de Amado hacía sus hermanos.

—Por eso te pido que seas tolerante mi'jo, sé que lo ocurrido anoche fue una tontería de Vicente, pero, ¡ya sabes cómo es de atrabancado el morro y ahora anda peor! —expresó la mamá cuando finalmente disculpó al Viceroy.

—Lo sé, doña Aurora, y no es necesaria la disculpa. Usted sabe que a Vicente lo considero como un hermano —respondió hábilmente el abogado intentando que la conversación se acortara.

Sin otro asunto a tratar, ambos bajaron de la camioneta y caminaron hasta la puerta principal del SEMEFO, al llegar, Lorenzana se despidió de ella y entró al patio en donde no tardó en encontrar a Ricardo. En ese momento, comprendió que no podía postergar el asunto de su chofer por más tiempo y le marcó a Manuel para darle la orden.

—¡Mata a ese pinche traidor!

—Vale —contestó Caño, al estar abordando la camioneta en donde ya tenía recluido a Agustín.

Al llegar a la oficina del Dr. Leonardo Vaca, director de la institución, José Ángel venía acompañado del secretario del magistrado Coviza quien, antes de tocar la puerta, extrajo de su portafolio un fólder con las siglas de la presidencia grabadas al frente.

En cuanto dejó el documento en las manos del abogado, el hombre de nulo pelo le transmitió un recado que su jefe le había mandado.

—Dile a mi amigo que no confíe en las autoridades.

Cuando se quedó solo, Lorenzana miró el sobre por un momento; evitando hacer ruido, rompió el sello lacrado para sacar su contenido y respiró profundamente. Al ver la hoja firmada por el presidente, finalmente tocó suavemente la puerta del director y se preparó a la batalla.

Después de aguardar un par de minutos en la sala de recepción, el abogado fue conminado a pasar a la oficina de Vaca quien, tras leer la orden presidencial un par de veces, llamó a su secretaria y le ordenó preparar los papeles de salida de Antonio Flores Montes.

Ante la indicación de su jefe, Lulú no tardó en comunicarle que el cuerpo ya se encontraba en la plancha y que los médicos de la PGR en breves minutos le realizarían la necropsia.

—¿Qué parte no entendió, señorita? —preguntó el doctor irritado al escuchar la respuesta de su subalterna.

—Pensé que…

—¡No está aquí para pensar, Lulú, sino para hacer lo que le indiqué! —tras el regaño, la secretaria abandonó la oficina apresuradamente y atendió las órdenes de su jefe.

Teniendo las cosas en curso, y previniendo las necesidades del abogado, el director del SEMEFO le preguntó si requería una carroza de la institución. Al escuchar la propuesta de Vaca, Lorenzana se rió discretamente al imaginar el cuerpo de Amado llegando a Guamúchil en una carcacha del gobierno. De cualquier forma, le agradeció la oferta y le informó que en la puerta ya aguardaban tres vehículos en espera de tener acceso al recinto. Como José Ángel lo previno, Leonardo permitió el acceso de las carrozas, así como del grupo de especialistas que las acompañaban: un sastre, un peluquero y un maquillista.

Cerca de la una de la tarde, finalmente la secretaria de Vaca le informó al abogado que el cuerpo ya se encontraba en la unidad indicada y le pidió firmar las formas de entrega; de esta manera, podría trasladar el cuerpo al interior del país sin ningún contratiempo.

Con la pluma entre sus dedos, Lorenzana no pudo evitar mostrar un ligero ánimo, mientras plasmaba su rúbrica en cada uno de los documentos que le iban extendiendo. Para su mala suerte, al estar firmando la última hoja se escuchó, en el radio de la oficina, la noticia de que la policía estaba por entregar el cuerpo del narcotraficante Amado Carrillo.

—Diga —articuló el abogado al contestar su celular.

—Habla Leonardo.

—¿Quién?

—El doctor Leonardo Vaca.

—Dígame, ¿qué puedo hacer por usted, doctor? —en menos de un minuto, el director le solicitó a José Ángel que abandonara el lugar. La policía no tardaba en llegar y no quería verse involucrado.

Agradeciéndole a Vaca por todas sus atenciones, el abogado le indicó a su gente que se preparan a abandonar el recinto. Las cosas se iban a poner muy calientes de un momento a otro y lo mejor era que desplegarán el operativo. De acuerdo a lo planeado, el convoy avanzó en fila en dirección a la puerta del SEMEFO; a un costado de cada una de las carrozas, iban cuatro hombres trajeados que portaban credenciales de gobernación.

Estando a tan sólo un par de metros de las rejas, que ya se empezaban a abrirse, Lorenzana recibió la llamada de Rodolfo Carrillo.

—En cuanto salga la camioneta en donde viaja mi hermano yo me hago cargo, Pepe —al escuchar la orden del capo, el abogado bajó de la unidad, sin que esta se detuviera, y se dirigió a su automóvil.

Rodeada por más de cien hombres, la carroza que transportaba el cuerpo del narcotraficante más poderoso del mundo avanzó por la estrecha calle, mientras los sicarios levantaban sus armas en espera de un posible ataque del ejército y de los federales. Al desaparecer el majestuoso operativo, que los hijos de la doña habían armado, Lorenzana le ordenó a Caño continuar con el plan.

Acompañada por dos camionetas y cinco hombres de su escolta personal, la primera carroza alquilada avanzó a velocidad media buscando llegar a la carretera de Puebla; minutos después, siguió Lorenzanas en su Jaguar sin ningún tipo de protección. Finalmente, y con cinco minutos de diferencia, la segunda carroza acompañada de dos autos y siete pistoleros, partió con destino a Morelos.

Circulando el Jaguar sobre el Periférico, la comunicación se rompió. Sería hasta su llegada al aeropuerto de Guadalajara que se volverían a encender los celulares.

—¿Cuántos años estuviste trabajando para Verónica, Manolo? —le preguntó José Ángel a su jefe de escoltas, cuando el puro había hecho su trabajo.

—Tres años llevo, señor.

—¿Te gusta México?

—¿Cómo?

—¿Qué si te gusta la comida mexicana, sus mujeres?, ¡ya sabes, el folklore de nuestro país! —consciente de que los cuestionamientos de su jefe eran con la intención de pasar más ameno el rato, Caño le contestó lo más elocuente y extenso que pudo.

Para desgracia de ambos, a pesar del entretenido diálogo que sostenían el olor pútrido que el cuerpo de Amado empezaba a segregar se volvió insoportable y se vieron obligados a poner el clima del automóvil lo más frío posible.

Estacionados en una gasolinera afuera de Querétaro, José Ángel aprovechó la parada obligada para ir al baño. Caño acomodaría mientras el cuerpo de su amigo que ya empezaba a vencerse por la falta de fuerza en el cinturón de seguridad del asiento.

Tras seis horas de viaje, dos tortas de pierna y cuatro refrescos, la sombra del avión se vislumbró en el parabrisas del Jaguar. Guadalajara era una de las fortalezas del cártel y el abogado contaría con los recursos humanos que la plaza le ofrecía.

—Prende tu celular y enlázate con el Chico Changote, Manolo. Dile que necesito una escolta armada durante un par de horas —le indicó Lorenzana a su jefe de escoltas, al encontrarse debajo de una de las alas del avión.

XL

Protegido por una docena de hombres fuertemente armados, el abogado buscó establecer comunicación con el resto de su equipo; Manolo del Caño, ayudado por dos judiciales, instalaban en un asiento del avión el descompuesto cuerpo de Amado.

Al no obtener respuesta de su gente, Lorenzana sospechó que algo malo ocurría y se dirigió a las escalinatas del avión para continuar su viaje rumbo a Sinaloa. Teniendo un pie sobre el segundo escalón, la llegada de Lucio Silva Caballero, comandante de la PGR, provocó un encuentro inesperado que se resolvería un día después.

—¿Qué haciendo por acá, abogado? —preguntó el Chico Changote en cuanto bajó de la camioneta.

—De vacaciones, comandante. ¿Qué noticias me tienes?

—¡Nada buenas, tengo una orden difícil de cumplir! —le contestó Lucio, mientras lo miraba fijamente—. Me dijeron que te matara, cabrón —al escuchar la situación, Lorenzana comprendió que el federal sólo respondía a las órdenes de los Carrillo y le marcó a doña Aurora.

—¡Hijo de tu puta madre, ahora sí te vas a morir, cabrón! —gritó Rodolfo al contestar el celular de su mamá—. ¡Ya valiste verga!

—¡Qué te pasa, cabrón, ya deja de creerte el muy chingón conmigo! —le contestó Lorenzana, molesto por las palabras del hermano de Amado.

—En Culiacán los Verdes nos estaban aguardando y les valió madre el papel que el presidente te firmó, sin más, nos quitaron el cuerpo de mi hermano. ¿Te parece poco, cabrón? —esta vez la voz del capo sonaba con cierto valor disfrazado, pero no por ello dejaba de denunciar lo ocurrido—. Se pagó mucho dinero en este trato y no vamos a dejar que nos chinguen, Pepe —a pesar de la afirmación de Rodolfo, el abogado tuvo la seguridad que el presidente Zorrilla no lo había traicionado y lo meditó en silencio: técnicamente se podría decir que el cuerpo fue entregado y al poner la carroza una rueda en la calle el acuerdo llegó a su fin. Obviamente el convoy que protegía a los Carrillo no fue detenido en la capital para evitar una masacre. Pero en Culiacán, el batallón enviado por el Secretario de la Defensa se impuso, sin problema, a la docena de hombres que esperaban la llegada del cuerpo de Amado.

—Dile a tu mamá que tu hermano viene conmigo y en una hora aterrizaré en Mazatlán. El cadáver que se llevaron los militares lo tomé del SEMEFO —le informó el abogado al Niño de Oro, en cuanto terminó de analizar lo ocurrido en la capital.

—¿No me estás mintiendo para salvar tu pellejo, cabrón?

—No tengo por qué hacer eso, cabrón.

A pesar de que su jefe hablaba con uno de los Carrillo, Manolo, conociendo la importancia de la llamada, le pasó su celular para que contestara.

—¿Cómo están las cosas, Eduardo?

—Con algunos problemas, Señor.

—¿Ya llegaron a la casa de Puebla?

—Nada de eso, patrón, cerca de Río Frío una pinchadura nos obligó a detener y tuve que dejar avanzar a los muchachos; fue entonces, cuando una docena de vehículos de la federal interceptaron a la carroza y a la otra camioneta que nos acompañaba —al oír el reporte de su hombre, Lorenzana despegó el celular de su oído ya que el sonido del viento no le permitía oír bien lo que le decían—. Como usted nos ordenó, al pasar delante de ellos hicimos como si no los conociéramos.

—¿Hace cuánto sucedió esto?

—Como seis horas, señor.

—¿Dónde están los muchachos que detuvieron?

—En la base militar de Puebla.

—¿Eran federales o militares los que los detuvieron?

—Federales, pero los Verdes fueron por ellos a la Procuraduría y los trasladaron directamente a la base —al terminar de escuchar el reporte de su hombre, el abogado caminó hasta su auto y tomó de la cajuela el R15 que guardaba para una emergencia.

XLI

PORTANDO EL ARMA con la mano derecha, José Ángel caminó a donde se encontraba el Chico Changote; continuaría su conversación con el hermano menor de Armando en otro momento.

Percatándose de los movimientos de su jefe, Manolo anticipó a los federales y se colocó detrás de ellos. En silencio, el único hombre con el que contaba Lorenzana cortó cartucho a su AK47 y respiró.

—¡Ahora sí dime cuál es tu problema, comandante! —exclamó el abogado, mientras apuntaba con el R15 la pierna del moreno y robusto hombre.

De incredulidad fue el rostro de la gente que acompañaba al Chico Changote al ver la actitud de Lorenzana. El menos sorprendido de todos intentó coger la 9mm, pero Manolo levantó el cuerno de chivo y le hizo saber que si desenfundaba su arma lo pagaría con su vida.

—¡Controla a tu muchacho, Pepe! No olvides que andas en mi territorio —le advirtió Lucio Silva, mientras dejaba sus gafas oscuras encima del cofre de la camioneta.

—¿No viniste a matarme, cabrón? ¡Pues eso es lo que estoy esperando que hagas, puto!

—Bien sabes que esto no es personal, Pepe. Yo sólo cumplo órdenes —en medio de la tensión que se vivía, el Trompas, uno de los hombres más cercanos a Lucio, intentó ganarse un ascenso y jaló su arma de la cintura; para su mala fortuna, antes de poder enderezarla Caño le metió un par de balas en una de las piernas y apuntó a la cabeza del comandante.

—¡Calmados, cabrones! —gritó el Chico Changote al sentir el arma acosándolo.

Al ver la actitud prudente del federal, y sin ningún remordimiento por lo ocurrido, José Ángel tomó del brazo a Silva y se adelantó un par de metros en dirección al avión.

—Tú ya sabes que el cuerpo de Amado viene conmigo, comandante, no me quieras jugar sucio. Sé quién eres.

—Me alegra que lo sepas y como juego. Así no me sentiré mal cuando te mate.

—¡Sigues con esa pendejada, Lucio!, ¡vale madre! No has entendido que sólo quiero ayudarte —gritó el abogado, mostrando cierto tono de fatiga en la voz—. Si me matas ten la seguridad de que Vicente acabará contigo en la primera oportunidad que tenga —conociendo lo que representaba el José Ángel en la institución y la información a la que tenía acceso, Silva cambió de actitud.

—¿Qué me propones?

—Acompáñame a Culiacán, comandante. Necesito de alguien que me apoye por si las cosas se ponen mal —aquella propuesta resultaba ser una bomba para Lucio quien, a pesar de participar intensamente en las operaciones del cártel, en su vida se hubiera imaginado estar tan cerca de la última voluntad de Amado.

—Si crees que eso resolverá el problema, dime a qué
hora partimos.

XLII

En cuanto la aeronave guardó el tren de aterrizaje, el Chico Changote se cambió al asiento que se encontraba frente al abogado, con la intención de entablar una amena conversación con él.

—¿Crees que los Carrillo nos dejarán salir con vida de Culiacán, Pepe?

—No lo sé, comandante. Lo único que te puedo asegurar es que entregaré el cuerpo de mi amigo a su madre.

—Veo que sigues siendo tan leal como desde la época en que te conocí. ¿Qué año sería?

Mmm, no me acuerdo, pero fue cuando Carlos Nassalia, tras su llegada a Los Pinos, te llamó a su lado. Mil novecientos ochenta y… ocho, la época de los cambios en la política mexicana y el regresó de Lugo al poder, ¿no?

—Más que el regreso al poder, fue una etapa en la que Cesar volvió a hacer negocios con los amigos.

—Pues, fue más gracias a ti que por él, abogado. Si la mente no me traiciona, en ese entonces sus llamados amigos le habían dado la espalda y fue hasta que lograste concretar con los mandos regionales de la PGR, el traslado de droga y dinero a lo largo y ancho del país, que lo invitaron de nuevo a participar.

—Eso y solucionar el problema de Calderoni con Herrera García, quien era una de las principales cabezas de la organización del Norte.

—Te digo, de ahí que por orden del Profesor viajaste a Monterrey para entrevistarte con mi jefazo —ante la afirmación que le hacía Silva, José Ángel se quedó pensativo y el comandante lo notó —Era un güey blanco, de ojo claro, medio pelón y que estaba bien chisquiado ya que, a pesar de tener mucho dinero, tenía el sueño de ser una especie de Marlow de la justicia.

—Por supuesto que me acuerdo de Herrera, comandante. Desde que lo conocí, por alguna extraña razón, él ha estado cerca de mis asuntos.

—¡Bien que me acuerdo de ese día, abogado!, sobre todo, porque andaba bien crudo y, como la chamba es la chamba, tuve que ir a recibirte bien temprano. Recuerdo que al llegar al aeropuerto me senté luego, luego, en un restaurante a desayunar una birria y unos tacos de machaca; desde ahí, pude ver cuando tu mujer, en cuanto te vio, corrió a tus brazos y te pegó unos besones muy salvajes como media hora —conociendo la historia que le contaban, Lorenzana cerró los ojos y, en memoria de su amigo, se trasladó a épocas en los que Amado era un joven emprendedor como él.

Tiempo en el que José Manuel Parra gobernaba en el país.

XLIII

Aquel abril de 1987, como otras veces, me encontraba en mi casa de Cuernavaca disfrutando un día de descanso, junto a la alberca, cuando el teléfono sonó.

—¿Me oyes, Pepe?

—¿Qué pasó, Amado?

—Tengo un problema y quiero tu consejo —en cuanto escuché el tono angustiado de Amado, supe que algo malo ocurría y le propuse que viniera a verme a la casa.

Quince minutos más tarde a la llamada, una docena de camionetas se encontraban estacionadas en mi garaje y más de veinte hombres, fuertemente armados, vigilaban los pasillos.

—¡Compadre! ¿Cómo estás? —me preguntó mi amigo quien, a pesar de la forma tan jovial que se comportaba, mostraba los ojos de un asesino.

—Bien, compadre, ¿en qué te puedo servir?

—Primero invítame un whisky —teniendo la piscina como escenario, la botella se fue vaciando y el rostro del lugarteniente perdió todo vestigio del enojo vivido.

En cuanto terminamos de comer, Amado sacó otro cigarro de marihuana y empezó a confesarse.

—Acosta ha muerto, me avisaron de Ojinaga que su cuerpo está siendo velado en la casa de su mujer en estos momentos —al escuchar la mortuoria noticia me sentí como un estúpido, no podía concebir que desconociera esa información.

—¿Ya sabes quién fue?

—Aún no, por eso vine a verte. Me han dicho algunas gentes que la orden vino de arriba, ¡bueno!, siempre viene de arriba y necesito que averigües quién fue —al oír el encargo que me confería el capo sentí una ligera opresión en el estómago.

Sabía que don Pablo era su padrino y no podía negarme.

—Dame unas semanas para ver qué averiguo. Te adelanto que no será fácil indagar quién fue el hijo de la chingada que mandó a ejecutar al don.

Meditando mis palabras fue que Amado le dio un último trago a su copa y se despidió. Tenía la confianza de que no le fallaría.

XLIV

Por lo delicado del asunto las semanas se convirtieron en meses, pero un jueves de septiembre, del año en curso, finalmente supe el nombre del asesino de don Pablo Acosta.

Al tener que estar monitoreando las operaciones de lavado de dinero en las casas de cambio de Cesar Lugo Jr, el hijo mayor del Profesor, iba y venía de Monterrey constantemente. En una de esas ocasiones, tuve a mal no avisarle a Refugio de mi llegada ya que pensaba darle la sorpresa de que viviría conmigo en la capital. Al encontrarme a una calle del departamento, que hacía seis años le había comprado, descubrí al comandante Calderoni saliendo de éste; en ese momento, una sensación de asco me invadió y le ordené al taxista que se detuviera al final de la calle. Sabía que estaba en su territorio y su poder había crecido.

Tras aguardar que Guillermo desapareciera del panorama, bajé del coche y toqué la puerta un par de veces antes de que mi amante me abriera; al verme parado frente a ella, Refugio se quedó congelada franqueando la entrada, mientras sujetaba con ambas manos el cinturón de su bata. Opuesto a la conducta que esperaba, no le hice algún tipo de reclamo y, tras saludarla con un beso en la mejilla, caminé hacia la recámara.

Dentro de la colorida habitación, le pedí que me preparara el jacuzzi, mientras servía un par de copas con whisky. Sabía que mi silencio la estaba volviendo loca.

—¿No piensas entrar al jacuzzi? —le pregunté al sentir el agua caliente recorriendo mi cuerpo.

Sin chistar un segundo, ella se quitó la bata que traía puesta y acomodó su cuerpo desnudo junto al mío. Al principio ella no sabía si abrazarme o sumergirse en la tina hasta morir; fue hasta que el jabón comenzó a recorrer nuestras pieles que las palabras volvieron a aparecer.

—¿Te tallo la espalda, Pepe? —me repitió Refugio un par de veces antes de aceptar que no le contestaría. Dejando su vaso a orillas de la tina, comenzó a acariciar mi pelo con sus suaves manos—. ¿Así está bien o prefieres que te lo enjabone? —me pregunto al ver que empezaba a enredársele entre los dedos.

Yo, con el derecho que tenía sobre ella, acaricié sus pezones con ambas manos como respuesta.

—¿Qué hacía ese tipo aquí? —pronuncié, mientras apretaba con mis dedos su cuello—. Te pregunto una vez más. ¿Qué chingados hacía Calderoni saliendo del departamento?

—Me acosté con él

—¿Qué?... ¡Quieres chingarme la vida o qué te pasa, puta! —al escuchar la forma tan soez en que le hablaba, tapó mi boca con una de sus manos y me explicó entre sollozos que Guillermo la tenía amenazada con matarme sino aceptaba, por una noche, tener sexo con él.

Incrédulo de lo que me decía en ese momento, le hice saber a mi amante que no caería en su truco barato y se buscara una mejor excusa.

—Calderoni mató a don Pablo Acosta, Amado citó a su padrino en el rancho y... —comenzó a decirme Refugio ante mi cara de incredulidad.

—¿Qué hacías tú en el rancho de Amado?

—Carrillo me dijo que era una fiesta sorpresa para ti.

—¿Qué más?

—Nada, pues el Pablote se encontraba sentado en la sala echándose un trago cuando tu amigo le ordenó al comandante matarlo. Por eso, cuando Guillermo me dijo que te mataría si no cedía a sus deseos, tuve miedo y terminé aceptando lo que me pedía —alterado por la noticia, le ordené a Refugio que nunca, pero nunca, volviera a decir lo que había visto.

Sin ánimo para seguirle reclamando a mi amante lo ocurrido, salí del jacuzzi y busqué el número del Flaco. Necesitaba urgentemente que su pequeño, pero muy confiable equipo de mercenarios, cuidara el departamento hasta que partiera por la mañana a la capital.

—Ahora si dime a detalle cómo sucedió la muerte del don —le indiqué a Refugio al estar desayunando unos huevos con machaca que ella mismo me preparó.

—No recuerdo bien, Pepe.

—¡Cómo que no te acuerdas, pendeja! ¡Mira cabrona, no me quieras chingar o aquí te mueres! —atemorizada por mi voz y el puño que se suspendía en el aire, la pálida mujer comenzó a hablar con una voz que desconocía del todo.

—Te juro que las cosas aún son confusas para mí. Sólo recuerdo que en cuanto cayó el cuerpo del don en la alfombra cerré los ojos y sólo pude escuchar la voz de Amado ordenándole a su contador que transfirieran cinco millones a la cuenta de Calderoni.

Viendo que la confesión de Refugio no iría más allá del momento de la muerte del Zorro, tomé uno de los autos del Flaco y salí rumbo a México. Antes de actuar, necesitaba el consejo de mi amigo Gilberto Borbolla Coviza.

XLV

CON LOS TRAGOS servidos y los habanos consumiéndose entre las manos, el cansancio del viaje se transformó en la tranquilidad que necesitaba para armar mis ideas.

—Tengo un gran problema, Gilberto.

—¿De qué se trata, Pepe?

—Sé quién mató a don Pablo Acosta.

—¿Estás seguro?

—Refugio estuvo presente cuando mataron al Zorro.

—Cuéntame —sin rodeos, y considerando lo apremiante de la situación, le platiqué a mi amigo lo que mi amante había confesado—. ¿Y dónde está ella, en tu casa? —me preguntó al terminar de escuchar mi relato.

—No —fue hasta ese momento, que me di cuenta del error que había cometido y, a media voz, le contesté que se encontraba en Monterrey

—¡Cómo eres pendejo, Pepe! Espero que a estas horas tu novia no tenga cinco tiros en la cabeza —para ser justo la afirmación de Gilberto me hizo perder el control e intenté llamarle al Flaco

—¡Flaco!

—¡Con una chingada, abogado! ¡Contrólate! ¡Pareces un novato, cabrón! —exclamó enojado Borbolla, mientras apartaba mis manos del teléfono—. ¡No pienses con la verga, cabrón! ¡Piensa con la cabeza, chinga! —consternado por el comportamiento, poco profesional, que mostraba, sujeté con todas mis fuerzas la copa de coñac hasta que los vidrios sangraron mis manos.

Más sereno, con mi pañuelo conteniendo la pequeña hemorragia, llamé al procurador de Monterrey y lo invité a comer en el Cabrito Norteño. Necesitaba que Calderoni se enterara de mi visita a su tierra.

Riéndose por la forma tan poco ortodoxa en que había resuelto el problema, Gilberto se sirvió un poco más de whisky, mientras me preguntaba, sin entender el motivo, mi edad.

XLVI

Dos AÑOS DESPUÉS de aquella tarde contraje matrimonio con Refugio y Manuel Bellatin, quien era presidente de México, fue mi padrino de honor. A pesar de que en el sexenio de don Manuel la economía del país se fue a la mierda, para el grupo fueron años de vacas gordas. Como un favor a Cesar Lugo, Calderoni fue nombrado por el nuevo procurador como director de la PGR en Tamaulipas, y esto ocasionó que las operaciones fueran más seguras y frecuentes.

Gracias a mí papel de enlace y negociador, mi fortuna aumentó considerablemente a lo largo del sexenio y tuve dificultades para colocar el efectivo en algún banco de primer piso. Por consejo de mi contador, terminé comprando algunas escuelas, casas de cambio, residencias y poniendo centros de apuestas. Quizá el único encargo que me causó molestias, más allá de las necesarias en esa época, fue resolver la muerte de don Pablo Acosta.

Como a veces sucede, cuando la mente se bloquea, al principio las pistas que entregué sobre la muerte del Zorro no funcionaron bien, Amado conocía a detalle lo sucedido aquel día y tratar de engañarlo no sería cosa fácil. Afortunadamente, Luis salió a mi rescate y, utilizando algunos documentos apócrifos, publico en los principales diarios del país el supuesto operativo con el que dieron muerte a don Pablo:

Lunes 15 de Enero: con el apoyo de tres helicópteros, que despegaron de El Paso Texas, se logró detener a una docena de sicarios que protegían al buscado narcotraficante don Pablo Acosta, quien se encontraba disfrutando de una fiesta en le rancho Las Carmelitas en el estado de Nuevo León.

Martes 23 de Enero: la ciudad de Tecate vivió ocho horas de fuego cruzado entre agentes federales y sicarios que cuidaban al Zorro Plateado. José García, vecino del lugar, relató cómo alrededor de las dos de la tarde un estruendoso ruido, ocasionado por las hélices de cinco helicópteros, despertó al pueblo alarmado.

Miércoles 24 de Enero: después de seguir un convoy de camionetas que viajaban a toda velocidad sobre la carretera a Hermosillo, el ejército enfrentó en la caseta de peaje de Ciudad Obregón a más de cincuenta hombres que no dejaron de disparar ráfagas de ametralladora AK47. El olor a pólvora quemada inundó la carretera, mientras don Pablo Acosta lograba escapar por tercera vez.

Domingo 28 de Enero: la razón para suicidarse por parte del capo sigue siendo un misterio. De acuerdo a la información proporcionada por la dependencia, el comandante a cargo del operativo utilizó un altavoz para solicitarle su rendición.

—¡Acosta ríndete! ¡No tienes escapatoria! —le repetía constantemente Adolfo Mondragón al capo.

Por desgracia, la adrenalina estaba al tope y Acosta, quien había sabido responder al fuego, no escuchaba razones.

—¡Chinga tu madre, Mondragón! ¡De aquí no me sacas vivo! ¡Tendrás que venir por mí si tienes los huevos! —gritaba el capo una y otra vez.

Segundos después, de aquella corta advertencia, se escuchó un seco y sórdido disparo. Al ver la sangre de su patrón regada en el suelo, los hombres de Pablo entregaron las armas y se arrodillaron frente a la casa.

De acuerdo a nuestro plan, las notas periodísticas provocaron que Amado visitara mi despacho al poco tiempo. Seguramente necesitaba confirmar lo ocurrido con su padrino. Sin olvidar su participación en el asesinato del Zorro, la explicación que le di al capo fue simple. Mostrándole una copia del expediente, que Luis había fabricado, Carrillo quedó conforme con las borrosas fotografías y los informes falsos escritos en páginas membreteadas de la DEA.

Lo mejor de todo, es que no tuve que revelarle a Amado que sabía lo ocurrido en su casa; además, gracias a Calderoni, él ya controlaba el espacio aéreo de Tamaulipas, Coahuila, Nuevo León, Monterrey, Morelos, el Estado de México, el D.F., Guadalajara, Sinaloa, Michoacán, Durango, Veracruz, Yucatán y Sonora, convirtiéndose en el Señor de los Cielos.

XLVII

AL VER QUE LUCIO no dejaba de hablar, Manolo interrumpió su monologo ofreciéndole algo de comer. El enorme español sabía que el Chico Changote estaba poniendo de malas a su jefe.

—¡Te lo agradezco, compa! Pero lo que menos tengo ganas en este momento es de comer, ay pa'l rato. Y, pues así fue, Pepe, la cara que pusiste cuando, al entrar al Cabrito Norteño, viste a mi patrón luciendo su gabardina estilo Dick Tracy y rodeado de putas, por nada hace que me gane la risa. ¡Oye, abogado!, ¿esa noche fue la primera vez que engañaste a Refugio? —al escuchar la pregunta del comandante Lorenzana lo miró como si fuera a propinarle un golpe en el rostro—. Pos, ni como culparte, sí la Tiffany estaba bien buenona y tenía unos ojitos azules bien chilos y bonitos —agregó Lucio como una forma de disculparse—. La cosa es que desde que te vi en el aeropuerto me dije "Este 'inche abogado está muy morro para representar a quien dice." En fin, tenía mis dudas sobre ti pero rápido me callaste el hocico cuando pasó lo de Herrera y Calderoni. Yo a la fecha sigo pensando que alguien del equipo era un chivato, ya que ninguna de las personas del restaurante, ni tú, se dieron cuenta de la señal que mi jefe me hizo para irnos del lugar y seguir la fiesta en su casa.

—Yo también lo pensé, Lucio, y la verdad creí que eras tú —sin responder el insulto, el comandante hizo caso omiso al comentario y continuó conversando de lo ocurrido.

—Nunca voy a olvidar aquella noche, la gente caminaba por la Macroplaza y los niños corrían sobre las aceras valiéndoles madre los autos. No había el mínimo presagio que me anunciara el infierno que se nos avecinaba, menos, cuando miré a las viejas ir consumiendo cocaína, mientras mi patrón les agarraba las chichis y les contaba lo chingón que era para eso de la investigación.

—¡Ese güey era para lo único que era bueno! Investigar chichis. Ja,ja,ja — interrumpió Lorenzana, mientras remataba con una sonora carcajada su comentario.

Acostumbrado a las burlas sosas de los patrones, el Chico Changote tomó la botella de vino y sirvió al tope ambas copas. Los largos años de trabajo le habían desarrollado ciertas habilidades y siempre recurrió a ellas para contener su ira.

—¿Sí te acuerdas que todo empezó con el sonido de motores y el chirriar de llantas en el concreto? Claro, también gritos estridentes que nos fueron copando hasta de plano quedaron inmóviles las camionetas.

—¡Híjole, comandante! Hace tanto de eso que no me acuerdo bien.

—Pues, al igual que yo al principio te alteraste, pero al ver, por la ventana de la troca, a los elementos de Calderoni te relajaste. Sabías que el comandante no se atrevería a desconocerte ni a hacer algo contra tu persona; eran muchos los millones de pesos que le hacías ganar a ese cabrón y eso te aseguraba que estarías bien.

—La verdad es que sí. Tenía mi vida más que asegurada con ese pendejo.

—En ese momento, a mí lo que me sacó de onda y me puso todo alterado, fue cuando comentaste qué sólo a un mono descerebrado se le ocurría hacerle tal chingadera al director de la PGR en su estado. Ahí, supe que Herrera y tú desconocían el cargo que el presidente Manuel Bellatin le había otorgado al comandante por los servicios que le había brindado y empecé a temblar. Calderoni quería humillarlo en su propio territorio y su nueva posición se lo permitía.

—¿Quería? Más bien lo humilló.

—Pues, sí. Pero le costó al cabrón, ya que previniendo las intenciones del comandante, Herrera se mantuvo sentado hasta que llegaron los refuerzos. Finalmente, apoyado de treinta federales que apuntaban con sus armas largas a los cinco hombres que acompañaban a Calderoni, mi jefazo bajó de la Suburvan y se abotonó la gabardina.

—Y no te olvides de la pinche pipa que no soltaba ni para cagar.

—Aunque suene de risa ni como negarlo, abogado. Como bien dices, con su pipa en la mano, mi jefe caminó hasta donde se encontraba parado el comandante y le mentó la madre a todo pulmón. Como respuesta, Calderoni le dio un certero derechazo en la nariz provocándole un abundante sangrado nasal; fue en ese momento, cuando intervine y le apunté con mi 9mm en la cabeza. Sabía que él utilizaba chaleco antibalas y las opciones para colocar el frío metal eran pocas. Contrario a lo que yo esperaba, al sentir el peso de mi pistola en su cabeza Guillermo tomó la mano de mi patrón y lo levantó para propinándole otro par de cachetadas. A cada golpe, el federal le preguntaba sobre su Trans Am amarillo que le confiscaron a uno de sus elementos. He de confesar que al ver aquella escena me quedé congelado y no pude disparar. Pero, finalmente, logré cortar cartucho y estaba por jalarle al gatillo cuando Herrera interrumpió la bala con un gritó. "¡Detente, Lucio! ¡A éste puto Aduanero, hijo de mi verga, ahora si se lo cargó la chingada!"

—Aduanero, ja, ja,ja,ja, Será coyote, porque ni a vista aduanal llegaba el Cabezón.

—¡El Cabezón! Ja,ja,ja,ja. Ya ni me acordaba que así lo apodó su gente. Bueno, la cosa es que sin prestar atención a los insultos de mi jefezo, el comandante sacó una hoja de su chamarra y se la mostró mientras le gritaba "¿Sabes leer, cabrón o necesitas a Treviñito para que te lo lea? ¡Ya te chingaste, pendejo! José Manuel Parra me nombró tu jefe." Le siguió gritando, mientras restregaba el documento en su cara.

—¿Fue en ese momento de confusión que Calderoni retiró, con su mano derecha, la 9mm que habías colocado en su cabeza y la puso en el pómulo de Herrera?

—Sí, ahí fue. Tú mirabas la escena desde la camioneta y yo…

—Por eso cuando vi lo pirado que estaba el comandante, y que en cualquier momento le jalaría al gatillo, bajé en chinga para evitarlo. "¡Buenas noches, compadre!" Exclamé al estar parado frente a él. Desafortunadamente, al escuchar mi voz el puto me apuntó al rostro y escupió al suelo parte de la droga que consumía.

—Es que estaba tan drogado el hijo de chingada, que tuvo que sacudir la cabeza, un par de veces, y mirarte a los ojos un ratote, para que al final bajara lentamente su arma.

—"¡*What happene*, abogado!, ¿de cuándo acá se junta con putos?" Me preguntó Guillermo al verme parado casi a un costado de tu patrón. Afortunadamente, a pesar de su venenoso comentario, supe salir al paso y bajé de la camioneta a Claudia.

—Esa era tú ventaja, abogado, sabías el tipo de mujeres que le gustaban al puto panzón.

—Pues si no, esa vez no le herré.

—Ni tantito, Pepe. Más tardó Guillermo en ver los impresionantes senos de la morra que tomarla de la cintura y besar cada una de sus grandes tetas.

—Y ahí aproveché la situación para terminar con el problema que originó el pinche Trans Am amarillo.

—Así es, por eso al escuchar la orden, que le diste a uno de los muchachos, de llevarlo a Tamaulipas, el comandante se sintió un chingón y te abrazó pensando que lo había ayudado a humillar a mi jefazo frente a sus hombres. ¡Qué equivocado estaba el pinche viejo panzón!, ¿no? En realidad lo que hiciste fue salvarle la vida a Herrera.

—¿Gusta que le sirva más whisky, abogado? —aprovechando la interrupción de Caño, Lorenzana dejó el habano en el cenicero y le indicó a Manolo que abriera una botella de Rioja.

—Pero ahí no terminaron las cosas, Pepe, ya que después de subir a mí jefazo a la camioneta, las cosas con él se pusieron bien pesadas; tanto, que se refugió como niño en el único rincón que el asiento le brindaba. La verdad no sé cómo lograste estar en todo y, cuando me di cuenta, ya estabas llamando a una casa de citas para que te mandaran putas nuevas. Esa maniobra fue esencial para que su ánimo se recuperara, pero sabes, lo que más me sorprendió fue cuando, al llegar a la casa, no dejaste bajar de la camioneta a la Tiffany. Ella estaba segura que esa noche te la cogerías y… ¡Bueno, no se equivocó! Simplemente aguardaste el momento apropiado. La puritita verdad, Pepe, no cualquiera se hubiera percatado que mi jefe no estaba a gusto viendo las caras de las pendejas que fueron testigos de la humillación que pasó.

—Ni él ni nadie pasaría un trago de esos tan fácil, comandante.

—Pues sí, pero tú además acompañaste a mi jefe a su habitación y le recomendaste que se diera un duchazo y se cambiara la ropa. La verdad no sé qué más le dijiste, pero al bajar a la sala ya era otro; se veía igualito de cabrón que siempre. Aunque no lo quieras aceptar habías hecho un gran trabajo, tan bueno, que meses después te beneficiaste haciendo algunos negocios con el gobernador.

—¿Negocios con Treviño? Házmela buena, Silvio. Si cada vez que venía a Monterrey el pinche gobernador me invitaba a comer o cenar para que lo invitara al negocio de la Familia.

—Pues sí, pero tú nunca supiste que, meses después, el día que te llevaste a Refugio a la capital, cinco agentes de Calderoni fueron aniquilados afuera de tu departamento por gente de mi jefazo.

—¿De dónde sacas eso, Lucio? ¡No, mames!

—¡No, mamo, abogado! Yo estaba presente cuando nuestra gente los mató.

—¿Y por qué nunca me lo dijo, Herrera?

—Por orden del gobernador.

—¿Y tengo qué creerte, comandante?

—¡Me vale madre si me crees o no! Eso fue lo que pasó y no tengo por qué mentirte ahora —la seguridad que le mostró Silva al hablar, obligó a José Ángel a mantenerse callado y con la mirada evasiva—. Dime, ¿si hubieras tenido conocimiento de lo ocurrido hubieras aceptado la invitación de Calderoni al otro día de las ejecuciones? No creo, eres demasiado precavido para exponerte de esa manera y en el desayuno, que tuviste con el comandante, lo comprobé. "¿Qué pasó, comandante?, ¿por qué tanto misterio?" Fueron las primeras palabras que pronunciaste al sentarte frente a él. "Las cosas *in the country han changed*, abogado. Así que necesitamos renegociar los acuerdos". Te respondió el ojete, mientras casi te ibas de boca contra la mesa al oír sus intenciones. Apenas dos meses atrás, febrero o marzo, se habían fijado los precios y era muy pronto hablar de un aumento.

—¿Y tú viste que a él le importó mi rostro desencajado?

—No, le valió madre como tenía que ser y sacó de su chaqueta una hoja la cual colocó delante de ti.

—Por eso acepté sus costos, Silva, no tenía otra opción y el aumento era mínimo. Aunque por otro lado, sí lo pienso, salió barato ya que de ahí me agarré para preguntarle sobre si conocía a Ricardo Nassalia.

—Duda que por cierto me sorprendió, abogado, ya que ambos sabíamos que el pinche panzón lo conocía muy bien.

—"*Sure, lawyer*". Recuerdo me contestó Calderoni secamente a mi pregunta y por nada me gana la risa; la verdad es que siempre me cagó su forma de hablar —antes de continuar, Lorenzana hizo una pausa para refrescarse la garganta, dándole un trago largo a su bebida—. ¿Y qué piensas de su hermano, comandante? Continué con mi interrogatorio sin sospechar que, cansado de los giros verbales que ejecutaba, me interrumpiría bruscamente. "¡Mira, abogado, las cosas en el país están cabronas y, para resolverlas, vamos a *to remove* algunas *stones* del camino." Me aclaró Guillermo, consciente de que lo había querido manipular. "¿Crees que gane?" Insistí a pesar de exponerme a un exabrupto de su parte. "Sí, *you ask me* cómo quedaré si el Ingeniero *win* las elecciones. *You know* que a mí ya *nobody let me down* de este *train*. *The Military* me respaldan, quien llegue, se tendrá que cuadrar". Aquella respuesta concluyente me dio una gran paz interior. Entendí que el aumento en el precio de la droga era con fines tributarios.

—Fue entonces cuando te despediste de él y, cerca de las seis de la tarde, viajaste de regreso a México acompañado de tu mujer. En ese momento, no imaginé que te casarías con Refugio dos años después, menos, estando tan cerca las elecciones del ochenta y nueve.

—¿Te refieres a las del ochenta y ocho, comandante?

—¿Ochenta y ocho?... ¡Ah, pos sí! ¡Qué cabeza la mía! —se disculpó el Chico Changote, mientras José Ángel le daba un trago a su copa de vino—. Sabes, cuando recibí la llamada de Vicente y me ordenó que te matara me saqué de onda. Y no te digo esto para que me disculpes por lo ocurrido en Guadalajara, lo que pasa es que traigo conmigo algunos documentos tuyos que he guardado durante muchos años y, aunque he querido dártelos en infinidad de ocasiones, no me atrevía.

Reposando el néctar breves segundos en el interior de su boca, José Ángel se atrevió a mirar por la ventanilla del avión esperando que aquel terrorífico paisaje le ayudara a controlar su enojo. Desde su punto de vista la confesión de Silva era una traición que el federal quería a ser pasar como un acto de buena fe.

—¿Documentos míos, Lucio?

—Sí, cartas.

—¡Cartas!... ¿Cartas de quién?

—Cartas que le mandaste a tu mujer y fueron interceptadas por orden de los de arriba. Claro que sólo fueron un par, los jefazos no querían que descubrieras que te estábamos vigilando.

—¿Y por qué te andas confesando conmigo, comandante?, ¿acaso en esas cartas le platico a mi esposa que me robaste un millón de pesos?

—No, Pepe. Pero si algo te debo con esto te pago —le contestó el Chico Changote al estar sacando las cartas de uno de los bolsillos de su chamarra.

Sosteniéndolas con ambas manos, José Ángel revisó los sobres de arriba abajo tratando que la luz penetrara lo suficiente; al estar seguro que era su letra, sacó el contenido mientras la voz del federal invadía su mente con otra tanda de historias que habían vivido años atrás.

XLVIII

Tratando de que Lorenzana no revisara las cartas en ese momento, el Chico Changote buscó mantener su interés y le sirvió otra copa de vino antes de continuar con su charla.

—Pues sí, abogado, por esa época… un quince o dieciséis de mayo, no me acuerdo bien, nuestros caminos se volvieron a cruzar cuando el mismo procurador, en persona, me asignó el caso de Francisco O. y Javier G. ¿Te acuerdas de ellos? Eran unos batos que colaboraban con el ingeniero y habían sido ejecutados en las calles de Moliere.

—¡Cómo no, Silva! Eran noticia nacional.

—Pues, para serte honesto, yo ni sabía quiénes eran; pero, cuando llegué a la ciudad y me enteré de la influencia que tenían con el candidato, comprendí por qué los asesinaron y supe que Calderoni tenía vela en ese par de entierros. "¿*What happened*, compita?" Me respondió el panzón cuando lo busqué por teléfono. "Aquí molestándote, comandante. Fíjate que ando viendo el obituario de hace una semana y quería preguntarte si conocías a Francisco O. y Javier G." Lo cuestioné de manera directa al ver que trataba de burlarse de mí. "¿Y yo por qué tendría que saber quiénes son esos putos, cabrón?" Me contestó inmediatamente, mientras alcanzaba a escuchar las carcajadas de su gente detrás de su voz. Seguramente el cabrón estaba en uno de sus lujosos puteros que había puesto en el mero centro de la Rinconada, allá, en Nuevo Laredo. Para serte franco, abogado, la actitud de éste verga me tenía bien encabronado, así que se la canté derecho. "Pos, debería importante, cabrón, no vaya a ser que tu nombre aparezca en mi lista de sospechosos."

—Ja,ja,ja. ¿Y qué te contestó el cabrón?

—Pos, al escuchar mi advertencia primero me amenazó a mentadas de madre y putadas, después, jugó un rato a hacerse el ofendido. Pero, como lo esperaba desde un principio, terminó colgándome.

—¡Y te fue bien, comandante!

—Lo sé, por eso cuando el Tribunal Electoral declaró, a las semanas, a Nassalia como el nuevo presidente de México, hice lo más sensato que las circunstancias me dictaban y le di carpetazo al caso de los muertitos. Tenía que quitarme del camino de los nuevos jefazos.

—Actitud que seguramente te salvó la vida, Silva. El Cabezón era un tipo muy vengativo y si lo hubieras seguido chingado seguro te manda a matar.

—Sí, pero además con el desmadre que se armó en el país, por el proceso electoral, ni se habrá acordado de mí.

—¿Tú crees?

—No creo, te lo firmo, abogado. La mitad de la república estaba a punto de un estallido social y si no es porque apareces en la vida del nuevo presidente, la pinche revolución hubiera surgido. Por fortuna para Cesar Nassalia, el Profesor sabía de tu capacidad para negociar y te mandó a apoyar al nuevo preciso para luego beneficiarse cabronamente.

—¡Pinche viejo no daba un paso sin huarache!, y él estaba más que enterado de las efectivas relaciones que sostenía con la gente de Michoacán. Así fue como logré acordar con el equipo del ingeniero el pago de cien millones de dólares para que parara todo el desmadre que su partido andaba organizando. Un nuevo negocio surgió en la política mexicana: competir para perder.

Al ser avisado que estaban entrando al espacio aéreo de Sinaloa, Lorenzana tomó su celular y le marcó a Vicente Carrillo para avisarle la hora en que aterrizarían. Tras acordar con el capo el protocolo de seguridad, el abogado regresó a su asiento y tomó un puro. Era el momento de leer la primera de cuatro cartas:

Espero que todo esté bien en casa, mi amor, que tus limoneros ya hayan dado sus primeros frutos y esto te provoque una gran alegría. Acá, en Toluca, las cosas siguen complicadas y lluviosas, lo que me ha dado tiempo para reflexionar lo que ocurre en el país. Sabes, ayer durante una reunión en la que estuvieron el procurador, Guillermo Calderoni, Ricardo Nassalia, el general Acosta, Amado Carrillo, el Chapo Guzmán y Félix Gallardo. Hubo un detalle muy extraño: vi al comandante Calderoni platicando en el jardín con el hermano del presidente. Sé que te preguntaras qué tiene de raro esto, pero has de saber que una semana atrás Guillermo se reunió con Carlos Nassalia en Los Pinos y ha-

blaron sobre un cargamento, de seis toneladas de cocaína, que había sido decomisado en el aeropuerto de Tamaulipas por personal de la American Drug State. El pinche Calderoni había querido jugarle al cabrón y no le avisó a los gringos que llegaría la droga de Colombia. Seguramente el muy pendejo no quería pagar comisión y se lo chingaron. ¡Imagínate qué mal parado quedó el gobierno con esto! Por eso no entendía que Ricardo apareciera junto al comandante en una reunión. Las cosas estaban demasiado calientes para andarse exhibiendo con ese pendejo. Perdóname, amor, otra vez ando platicándote los problemas del trabajo en vez de decirte cuánto te amo y lo que te he extrañado. Por cierto, ¿ya empezaste a decorar la casa?, ¿te gustaron las ideas de la diseñadora o buscamos otra?, bueno, ya me lo harás saber cuándo llegue. Lo olvidaba, llegaré antes de lo esperado, a Lugo lo han nombrado secretario de Turismo y me ha pedido que me haga cargo de los negocios de traslado y almacenamiento de los químicos junto con nuestro nuevo socio, Ricardo Nessalia. Él se encuentra impaciente por duplicar los envíos a los Estados Unidos y es mejor enseñarle el negocio antes de que nos meta a todos en un problema serio. Sabes, ya quiero ver su cara cuando le diga que utilizaré los camiones de la conasupo para trasladar la cocaína a lo largo y ancho del país. Espero que no se espante ante tal proposición. Bueno, amor, me despido ya que la mañana empieza a dibujarse por la ventana y tengo que dormir por lo menos un par de horas antes de continuar analizando las rutas que utilizaremos. Te amo.

Al doblar la hoja, el abogado sintió una grata sensación de confort por haber pensado mal, en esa época, de su nuevo socio y sonrió sutilmente. Desde que escribió la primera de veinte cartas, sabía que cada una tendría que estar llena de candentes falsedades; aún así, se preguntaba en qué cabeza cabía la estúpida idea de que él le platicaría a Refugio sus asuntos. Sin poderse responder, Lorenzana tomó otra de las misivas entregadas y empezó a leerla.

*Hoy martes cumplo dos semanas fuera de casa y la cama se siente tan fría sin ti. Desde que llegué a esta impersonal ciudad no hay un espacio en donde tu perfume no me siga. Para mi mala suerte, ayer marqué a la casa y Hortensia me informó que habías salido de compras. Me contó que tus limoneros han dado más de dos toneladas de verdes y jugosos limones; que la habitación ya está lista para mi llegada y que los doctores te han dicho que sí podemos tener un hijo. Como siempre, los negocios marchan sin problema y siento que de nada sirve estar lejos de ti. Ricardo ya le ha solicitado al Congreso de la Unión su autorización para comprar cincuenta camiones que apoyarán a los cuarenta que ya utilizamos para mover la mercancía. Omar, sigue comprando en Colombia la droga con toda discreción, y hemos creado una empresa de seguridad privada que se dedica a escoltar los tráileres de la conasupo a lo largo del país. Con todo esto armado, hasta un niño podría dirigir este lucrativo negocio. Sabes, ayer cuando descansaba de la larga jornada vivida recordé cómo fue que nos conocimos y te juro que sentí tus dulces labios recorriendo mi boca. No creas que te digo esto porque la soledad se está adueñando de mí, lo digo para que sepas que te amo. Que estos años en los que has permanecido a mi lado, día a día, te has preocupado porque sea feliz. Bueno, amor, me tengo que dormir, mañana veré a Amado y tengo que estar f***** como una de tus lechugas.*

L

—Pero, ¿no todo te salió como lo habías planeado o sí? —preguntó en tono alto Lucio, con la intensión de que el abogado abandonara su lectura.

—¿Cómo?

—Te digo que no todo te salió como lo habías planeado. Si recuerdo bien, a tan sólo tres meses de haber tomado la secretaría de Turismo, Cesar Lugo entró en una crisis y estaba a punto de entregarle su renuncia al presidente. Al parecer, Ricardo no podía convencer a su hermano de cambiar al Profesor a la Secretaría de Agricultura, en donde ya tenían nuevos proyectos a realizar.

—¡Te equivocas todo el tiempo, Silvio! Cesar no entró en ninguna crisis ni tampoco tenía cáncer o alguna pendeja de esas que salieron publicadas en los diarios. La información que te dieron fue errónea —le advirtió Lorenzana al Chico Changote, cansado de escuchar sus presunciones.

—Pos, eso me chismeaban, abogado. No te enojes conmigo; es más, uno de tus choferes, una tarde mientras esperaba a que salieras de una reunión, me platicó que el hijo menor del Profesor se casó con una de las hijas de Roberto H. para cerrar lo del maíz.

—Te digo, si quieres estar bien informado acude a los interesados. En este caso, ¿por qué no vas y le preguntas eso directamente al Jr.? Digo, igual te contesta tu duda.

—¡Cómo crees, abogado! ¿De cuándo acá un peón ataca a un rey?

—Es lo que yo digo, Lucio. ¿Para qué te metes en pedos y chismes? —advirtiendo la amenaza, el comandante prudentemente evitó contestar los señalamientos de Lorenzana y prefirió levantarse del asiento para dirigirse al baño a refrescarse.

Sintiendo el agua correr pos su rostro, Silva se miró al espejo unos segundos mientras se preguntaba qué locura lo había hecho acompañar al abogado a Culiacán. Humedeciendo la superficie cristalina, tomó una de las toallas y empezó a frotarse rigorosamente ambas manos. Necesitaba regresar el calor en ellas antes de volverse a sentar en su lugar.

—¿Tendrás un puro que me obsequies, abogado?

—Por su puesto comandante, aquí tienes. Oye, no sabía que fumaras.

—Hay muchas cosas que no sabes de mí, Pepe.

—Me imagino.

—Cosas que en realidad tu deberías conocer.

—Así, ¿cómo cuáles?

Dándole una corta fumada al habano, Lucio se acomodó en el asiento y, con la mirada puesta en el techo, empezó a mover los labios como si rezara.

—Como que yo trabajé para Abrego, como que yo era un protegido del sistema, como que yo sé las razones por las que el capo no tuvo que sumarse a la cuota que estableció Amado para el traslado de droga en el país.

—Favor por favor, ¿no?

—Como el Güero Palma, ¿no?

—Así mismo, Lucio.

—Mejor ya no le sigo, abogado —le comunicó el federal, al ver la mirada de fuego que ahora le mostraba Lorenzana.

—Síguele, hombre. No pasa nada.

—¿Seguro?

—Conmigo estás seguro, Lucio.

Terminando la copa de vino de un trago, el comandante le solicitó a Caño que le sirviera un tequila doble. Por la tormenta de verdades que se anunciaba, era más adecuado tener a la mano algo que le calentara la sangre.

—No sé si lo recuerdes, Pepe, pero el último año de gobierno de Nassalia todo se fue a la mierda y empezaron los enfrentamientos entre los diversos cárteles. Por un lado el Güero, apoyado por mercenarios guatemaltecos, libraba una pelea contra Abrego y... —por vientos provenientes de Pacifico, una fuerte turbulencia sacudió el *jet* y José Ángel, sujetando con ambas manos las coderas del asiento, desatendió la charla en busca del habano que estaba por llegar a su fin.

Al regresar a la tranquilidad en el avión, Manolo colocó un vaso con whisky frente a su jefe y retiró el cenicero para arrojar a la basura los sobrantes del puro.

—Fue por eso que Carlos, cansado de estar soportando las pendejadas del Güero, me escogió para ponerle fin a la influencia que mantenía con su hermana —enunció Lorenzana, buscando retomar la plática—. Como todos, sabía que si querías chingarlo tenías que ponerlo en mal con ella.

—Ni quién te contradiga, pero lo que se me hizo una cabronada de tu parte fue ejecutar el plan justo el día en que Adriana cumplía años —interrumpió Silva, mostrándose un poco exaltado

—Mejor día no podía haber. Yo sabía anticipadamente que esa noche el pendejo de Palma, en vez de quedarse con la dama hasta que amaneciera, se iría acabando de cortarse el pastel rumbo a Guadalajara para cogerse a su amante —impactado por lo secretos que José Ángel le contaba, el comandante tomó el caballito y le dio un trago funesto.

Observando a Manuel llenarle el vaso nuevamente, Silva cogió el habano y le dio cinco cortas fumadas demostrando su poca pericia para fumar.

—Recuerdo que esa noche la cena se llenó de silencios y miradas conspiradoras, Pepe.

—Adriana, como toda enamorada, esperaba que Héctor ese día, tan especial para ella, dejara a un lado su vida delictiva. Sin que Palma lo supiera, esa fue la condición de su hermano, él le iba a otorgar un indulto presidencial para que se pudieran casar.

—¿Por eso tu urgencia para desenmascarar al Güero?

—Por eso, y otras cosas que no debes enterarte, comandante.

—No pues, ni como reprocharte ahora, abogado. Yo en realidad, al igual que otros guardaespaldas de altos funcionarios, fui empleado para vigilar el interior del salón. Ya sabes, por si nuestros patrones se ponían impertinentes retirarlos inmediatamente.

—Pues ninguno de ustedes hizo algo cuando Vega G. le hizo algunas observaciones al hermano del presidente sobre su proceder.

—Nadie se suicidaría de esa manera, Pepe. Era el secretario de la defensa y esas son palabras mayores.

—¡Pinche general, se pasó de listo! Hasta ese momento nadie se había atrevido a decirle a Ricardo que estaba haciendo puras pendejadas en Cancún. Y como no hacérselas, si cada una de las descaradas operaciones que estaba realizando de droga estaba dejando mal parado a Carlos; claro que a Nassalia le valió madre y, como el imbécil que era, a pesar de tener la cola cagada, el cabrón le reclamó en público al general por no aprender a García Abrego. Lo que Ricardo desconocía, era la serie de ejecuciones que Carlos le había encargado al capo —viendo a Lorenzana limpiarse las lágrimas, provocadas por la risa incontenida, el comandante apresuró su trago tratando de que los efectos del alcohol aparecieran y le ayudaran a controlar su ansiedad.

—Y, con el paso de las horas, llegó el momento de partir los cinco pisos de pastel que adornaron el salón.

—Como bien lo dices, fue hasta ese momento que el presidente arribó acompañado del secretario de Hacienda. En cuanto se terminó de cantar las mañanitas, Ricardo me indicó que los aguardara en la biblioteca: dejaría que su hermano terminara de comer su pedazo de pastel, antes de conducirlo a la supuesta cita que había acordado que tendríamos.

—Fíjate que eso sí lo recuerdo, más, porque desde mi lugar escuché cuando el presidente le preguntaba a su hermano, en un tono molesto, qué era lo que querías.

—Pues si hubieras escuchado todos los reclamos que Nassalia me hizo al entrar a la biblioteca te hubiera dado un infarto. El cabrón de su hermano lo quiso sorprender con la cita sorpresa y cual, los sorprendidos fuimos nosotros cuando Carlos nos hizo saber que tenía conocimiento de nuestras intenciones. Finalmente, con la cola entre las patas, el presidente nos dio su licencia y regresamos al salón.

—Regresaste pero con el nombramiento aprisionando contra tu pecho, abogado. Si bien que me di cuenta.

—¡Cómo eres chismoso, comandante!

—Ni era ni soy, abogado. Parte de mi chamba es estar bien informado para cuando mí patrón me solicite algún consejo.

—En eso tienes razón, Lucio. Más cuando tenías un jefe bien pinche traidor y por eso lo mataron.

—¿Qué te digo? Así era mi jefe. Oye, ¿y qué pasó con el asunto del güero? —al percatarse de la forma tan peculiar que Lucio le preguntaba sobre el asunto de Palma, Lorenzana se percató que al federal se le quemaban las habas para contarle su versión.

—Tú dime primero, si a leguas se nota que estas mejor informado que yo. Recuerda que esa noche yo salí de los Pinos hasta que amaneció.

Riéndose por la forma tan clara en que el abogado le hacía saber que no aceptaría sus manipulaciones, el Chico Changote terminó con su caballito de tequila y aguardó a que Manolo se lo llenara de nuevo. Relamiéndose los bigotes, recargó su espalda contra el respaldo del asiento y dirigió su mirada hacía José Ángel.

—Lo que yo me enteré fue a través del comandante Rogelio, Yanqui de Guadalajara y compadre mío. Él fue quien recibió la orden de Álvarez C. para detener al capo, en el Hotel Camino Real de Guadalajara, en cuanto se hospedara. Puff, ¡pinche Güero! No entendió que sin el apoyo de Adriana no era nadie y cayó. ¡Bueno!, la cosa es que cuando mi compadre llegó con su gente al hotel, esperaron una hora antes de penetrar a la habitación. Según Rogelio que para ser discreto y guardar la identidad de la dama que acompañaba a Palma. ¡Pura madre!, en realidad le estaban dando tiempo al gobernador para que mediara con el presidente la liberación de su hija. La cosa es que al abrir la puerta en donde el capo tenía su encuentro amoroso, los federales, en vez de encontrar un montón de gatilleros esperándolos con sus armas largas, se toparon con un par de encuerados. Ja ja ja, aunque no lo creas, el Güero venía saliendo del baño y Rita se cubría las chichis con una toalla. Al verse rodeado, Palma quiso negociar su fuga pero, ¡pura madre!, la orden venía de hasta arriba y los agentes se estaban jugando la cabeza. Con la detención confirmada, el presidente dio la orden de llevar al Güero detenido a Puente Grande y a la hija del gobernador a su casa. Nassalia no quería problemas con su compadre.

LI

Como se lo habían ordenado, al estar sobrevolando Mazatlán el piloto dio avisó; por tal motivo y a pesar de su miedo, Lorenzana fijó su vista en la bahía buscando ver el majestuoso Refugio I. Aquel hermoso yate de cincuenta pies de largo, fue el regalo de cumpleaños a su esposa, cuando ella cumplió veinticinco años de edad.

—Pos sí, abogado, ese dieciséis de julio, un día después de la captura del Güero, con los ojos aún somnolientos alcancé a ver por la televisión tu rostro detrás del robusto Profesor, quien recibía de manos del presidente su nombramiento como secretario de agricultura. En ese momento confirmé que en el sobre, que tanto aprisionabas la noche anterior, venía la orden para asignarle a tu jefe su nuevo cargo.

—Te equivocas, comandante, yo no tenía ningún nombramiento en ese sobre, lo que Nassalia me entregó fueron las cuentas bancarias de Héctor Palma.

—¡Ah, cabrón!

—Carlos necesitaba confirmar si esas eran todas las cuentas del narcotraficante o había otras que vaciar.

—Pues, sólo espero que mi compadre haya tenido sus ahorros guardados en otro lado.

—Tú dime, comandante. ¿Los tiene?

—Como buen farol que era, esa noche Cesar Lugo celebró su triunfo dando una cena impresionante en el Bellinis y yo me vi en la obligación de escoltar a mi patrón al interior del restaurante —comentó el Chico Changote para evadir la pregunta—. Por cosas del destino, aunque me topé contigo al ir subiendo en el ascensor, para qué te miento ni me pelaste. Si apenas cruzaste unas palabras con Herrera y eso que te propuso un excelente negocio, además, Oscar, tu jefe de escoltas, nunca me dejó acercar a ti. Sabes, abogado, siempre pensé que el Flaco ocuparía el puesto de mi compadre Gerardo cuando murió. Pero así son las cosas.

—Señor, tengo en la línea a Alejandro —le indicó Caño al extender el celular en su dirección.

Sin dejar de ver al Chico Changote, el abogado cogió su celular y escuchó el informe que le daban; al terminar de oírlo, su rostro era de disgusto, y cómo no estarlo, si nuevamente sus hombres se encontraban recluidos en una base militar.

—Diles a los muchachos que no se preocupen, me encargaré personalmente de que pronto sean liberados —sin más que decirle a su hombre, José Ángel colgó y miró a Lucio reanudar su monólogo.

—Esa noche supe que las cosas entre Lugo y tú acabarían mal; las relaciones que habías construido, a lo largo de los años te permitía operar sin su protección y él se dio cuenta de eso.

—¿De qué hablas, Lucio? Nosotros somos una empresa, nunca actuamos por separado ni contra gente del grupo.

—¿Acaso no notaste las miradas que te echaba, Lugo? Al principio pensé que eran de envidia ya que tu mujer lucía muy guapa, pero cuando saludaste tan fraternal al general Galván, salí de mi error y me dediqué a observar el comportamiento de la gente cercana al Profesor. Sin que te dieras cuenta, me hiciste las cosas más fáciles a lo largo de la velada, ya que no te moviste de la mesa como el mamón de tu jefe que parecía pavo real.

—Que te oyera alguno de sus hijos, comandante. A ver cuánto durabas vivo, cabrón.

—Lo sé, Pepe. ¿Pero estamos en confianza, no?

—¡Estamos!

Brindando con sus respectivas bebidas, ambos guardaron silencio unos segundos para buscar aminorar la tensión que ya empezaba a hacer estragos, conforme se iba acercando la hora del aterrizaje.

—Claro que el momento de la noche fue cuando el mismo Carlos Nassalia te pidió permiso para bailar con tu mujer. Me imagino que aquella solicitud te encabronó, pero era el presidente y no te podías negar.

—Tú lo dijiste bien, era el presidente.

—Lo bueno es que tras cortos pasos y distancias moderadas, la pieza llegó a su fin y, con toda cortesía, Carlos llevó a Refugio a tu mesa en donde te dio las gracias por haber accedido a su petición. En ese momento, no sólo el Profesor supo que te debía más que el nuevo cargo y eso no le resultó nada gracioso.

—¡Qué cargo ni que la chingada, Lucio! Ese puesto se lo consiguió Ricardo no yo.

—¿Seguro?

—¡Ah , cabrón! Claro que estoy seguro. Ahora faltaba que ya no me acuerde de los tratos que hacía y de lo que no.

Analizando en silencio hasta donde era prudente cuestionar los dichos de Lorenzana, el Chico Changote bajó la vista hasta que su mente se aclaró.

—¿Entonces por qué Cesar, en colaboración con Calderoni, armó la aprehensión de Gallardo e intentó también detener a tu jefe? —advirtiendo que el federal se refería a Amado como su jefe, Lorenzana le aclaró que Carrillo era su amigo y nunca recibió una sola orden de él como su patrón—. ¡Bueno, bueno, está bien, abogado! ¡No te encabrones conmigo! Sólo quería hacerte ver que Cesar Lugo tenía un problema personal contigo y por eso mandó a Calderoni a detener a Félix y a tu amigo Amado.

—Una parte de lo que me dices es verdad, pero otra no.

—Pues, no sé cuál es verdad y cuál no. Pero por lo que alcancé a escuchar de la plática que sostenía Herrera contigo, Carrillo ya te había citado en su casa del Pedregal, en donde se encontraba atrincherado con ochenta de sus hombres. Además, ya te habías comunicado con el general Galván y sabías que los Verdes no estaban metidos en esto. De lo contrario, contabas con el tiempo suficiente para preparar la fuga del capo.

—Así es, Lucio. Pocos somos los que sabemos manejar una situación como esta.

—¿Y por qué no le solicitaste al general que te ayudara, abogado? Con una llamada él hubiera parado todo.

—No podía involucrarlo, una intervención de su parte lo hubiera puesto en aprietos con el presidente. Recuerda que Ricardo es amigo íntimo de Cesar Lugo.

—Oye, ¿qué te dijo Carrillo cuando lo viste?

—Al principio me invitó al jardín a tomar un tequila blanco, mientras acariciaba el AK47 de oro puro que su compadre Lorenzo Carpio le regalara en su cumpleaños cuarenta. Finalmente, con la botella vacía, tomó mí brazo y me condujo a una de las habitaciones de la casa en donde se encontraban tres personas: dos de ellas se encontraban armadas y la otra estaba acostada en la cama, dándole cortas fumadas a un cigarro de marihuana.

—¿Y conocías al pacheco?

—No, jamás lo había visto antes.

—Entonces.

Cansado por las horas que llevaba sentado y con los riñones reclamándoselo, el abogado se paró en medio de pasillo sosteniéndose de los asientos. A pesar de sufrir mareos fácilmente, prefería aguantar esa vertiginosa sensación al dolor de espalda que empezaba a invadirlo.

—En cuanto los guardias salieron de la habitación, Amado le ordenó al moreno hombre, que para ese momento ya se encontraba sentado sobre el colchón, platicarme lo que había pasado en Guadalajara. Fue hasta ese momento, cuando supe que él había estado presente en la captura de Miguel Ángel Félix Gallardo.

—¿A poco te contó cómo puso a mi compadre con la Fea? —exclamó el Chico Changote, interrumpiendo al abogado para sacar su odio.

—Esa hubiera sido la explicación más sencilla, Lucio, pero en realidad aquel hombre de amplio bigote, quien apagó su bacha al presentarse bajo el nombre de Rafael González, era el jefe de seguridad de Miguel Gallardo.

—¡Ah, cabrón! El Chupa.

—No sé si era el Chupa, pero como si las ganas de hablar lo consumieran, el bato luego, luego, me platicó que Calderoni llegó cerca de las cuatro de la tarde a la casa de Gallardo; como era domingo, Miguel se encontraba vestido con una bata y unas pantuflas negras que una de sus hijas le acababa de regalar. Según él bato, su patrón se encontraba sacando una cervezas de la hielera cuando uno de sus hombres, apodado el Tiburón, le hizo saber de la llegada del comandante.

—El tiburón era un federal que estaba bajo las órdenes de Calderoni. ¡Un verdadero hijo de su puta madre, el cabrón!

—Para fortuna de los hijos del capo, según nos contó González, él se encontraba en la parte alta de la casa cuando escuchó al Cabezón gritarle. "¡Compadre ni que la verga, puto!" Fue entonces que miró, por los espejos de la sala, a Félix tirado en el piso gritándole a Calderoni que le daría tres millones de dólares si lo dejaba ir.

—¿Y, te dijo por qué no bajó y se reventó al pinche panzón?

—Que lo pensó al principio, pero al ver en los monitores del pasillo que más de doce agentes estaban a punto de entrar a la casa, optó por poner a salvo a los niños, mientras su mujer, buscando ayudar a su marido, imprudentemente se precipitaba por las escaleras y libraba el vendaval que se le venía encima.

—Déjame adivinar, abogado. Se escondió en el muro falso del baño.

—Sí, ¿cómo lo supiste?

—Todo él que haya ido la casa del capo lo sabía, siempre Miguel lo mostraba como una especie de sitio obligado a visitar.

—Entonces no me equivoqué —murmuró José Ángel, mientras arrojaba una servilleta hecha bola al suelo—. Yo se lo dije a Amado, chingá. Pero no me hizo caso el cabrón.

—¿De qué hablas, abogado? —sosteniendo la respiración, Lorenzana apretó los labios dejando que su ira se esparciera por lo ancho de su cara.

No le importaba que la captura de Gallardo haya ocurrido diez años atrás, él hecho de saber que aquel hombre los había engañado le enfadaba.

—Ya lo que sigue para qué te lo cuento, Silva. Son puras habladas.

—Cuéntame, Pepe. En una de esas damos con la verdad —analizando la propuesta del federal, Lorenzana tomó el vaso de whisky y lo empezó a beber lentamente.

No estaba seguro si tenía sentido revivir lo ocurrido aquella noche en la casa de Amado. Dentro de él, una fuerza que desconocía le advertía que corría el riesgo de destapar la pútrida cloaca que había tenido cerrada durante años para no sentirse traicionado.

—En resumen, Calderoni violo a la esposa de Miguel dentro del baño y delante de sus hijos quienes, con los ojos tapados, lloraban en silencio, mientras sangraban sus bocas de tanto apretar.

—¡Qué hijo de puta era ese puto panzón!

—¿Era? Es. No olvides que vive en El Paso desde que lo desterró Nasalia del país, antes de abandonar la presidencia.

—¿Y fue todo lo que ocurrió?

—Lo principal, ya que finalmente lograron salir de la casa y en el camino hacía México unos federales mataron a la esposa al intentar detenerlos.

—Me imagino que los niños quedaron bajo la custodia de doña Estelita, su tía.

—Así es, comandante. Veo que conoces muy bien a los Gallardo.

—Trabajé para Miguel como su chofer cuando aún era un simple menudista; luego, pues entré a la federal y me distancie un poco, pero no lo suficiente como para no se invitado a cenar en su casa en la navidad.

—Bueno, ¿y cuál es tu conclusión?

—Antes dime qué postura asumió Carrillo.

—Pues le creyó, por eso lo dejó ir.

Con la precaución que exigía la situación, el comandante buscó las palabras adecuadas para hacerle saber al abogado que Amado lo había engañado, al ocultarle que él también conocía sobre el muro falso del baño. Bueno él, Calderoni, el Tiburón, el Chupa, la esposa de Miguel, etcétera, obviamente si no buscaron dentro de aquel supuesto escondite era porque el Cabezón no pensaba lastimar a su ahijada ni a su hermano.

—Hicieron bien en dejar ir al Chupa, Pepe. Ese cabrón era muy leal a Miguel Gallardo y jamás se hubiera atrevido a traicionarlo —concluyó el Chico Changote ante la mirada suspicaz de Lorenzana.

LII

—Oye, José Ángel, aprovechando que andamos recordando buenos tiempos, fíjate que siempre he tenido una duda y, si se puede, me gustaría que la aclararas —enunció de pronto el comandante, tratando de retomar la plática.

—¿De qué se trata, Silva?

—¿Saber si el día de la boda del hijo de Lugo llegaste a algún arreglo con el Profesor por lo de su nombramiento como secretario de agricultura?

—¿Sigues con eso, cabrón? Te repito que entre el Profesor y yo jamás hubo necesidad de ello, comandante.

—¿En serio? Te lo pregunto porque al finalizar la misa te abrazó bien efusivamente y…

—¡Ya déjate de pendejadas, cabrón! ¡Mejor pregúntame directamente si el dinero, en la cajuela de mi auto, era un pago de Cesar! —exclamó José Ángel molesto de que el federal lo tratara como un idiota.

—No sabía del dinero, abogado —contestó el Chico Changote, tratando de calmar la situación—. Oye, Pepe, ¿dónde está la botella en este avión? No tardamos en aterrizar y me están entrando un chingo de nervios —antes de que el abogado pudiera contestarle su duda, Manolo le sirvió un tequila doble, mientras Lorenzana atendía el repiqueteo de su celular.

—Dime, Rodolfo.

—Soy el Abuelo, abogado.

—¿Qué quieres?

—Mi patrón, don Vicente, me ordenó ponerme a sus servicios, ¿no?

—¿Para qué te necesito, cabrón?, ¿sabes hacer café o qué?

—Ja ja ja, abogado, usted sabe que me la rifo más chingón que su gente. No me salga con eso.

—Dile a tu patrón que muchas gracias, pero, después de lo ocurrido anoche, no puedo confiar en ti —contestó José Ángel de manera contundente, dando por finalizada la charla con el Abuelo.

—¿Todo está bien o ya nos cargó la chingada? —cuestionó Lucio a Lorenzana, al ver en su cara cierta molestia.

—Ya nos cargó la chingada, comandante.

—¡No me chingues! ¿En serio?

—Estoy bromeando, Lucio. Tranquilo, todo está bajo control.

—¡Pues pinche susto que me paraste, abogado! Igualito al que sentí el día que mataron al Cardenal y por nada me clavan a la Palma.

—¿A Posadas?

—Sí. Esa tarde, cuando lo asesinaron, mientras un convoy militar te detenía en tu despacho, acá, en Guadalajara, agentes de Gobernación me trasladaban a México.

—Era normal, comandante. Tú eras el yanqui en ese entonces y como el presidente estaba muy afectado por lo ocurrido, mandó a detener a las personas que consideró podían estar implicadas en la muerte del Cardenal Posadas.

—Como tú y yo.

—Así mero.

—Pues, por lo que me enteré al llegar al Centro de Inteligencia Nacional, a ti te fue peor ya que te llevaron al campo militar número uno, ¿no?

—Sí lo dices porque a mí los militares fueron quienes me interrogaron, pues sí.

—Por lo que me dijeron el mismo general Bazan, en persona, te interrogó.

—Así es, Lucio, el general me interrogó durante más de cuatro horas junto con sus hombres más cercanos. Para que lo sepas de una vez y no andes con la duda, en aquella acolchonada habitación me preguntaron acerca de mi relación con el cardenal Juan Posadas, los Arellano, Abrego y los Carrillo, principalmente. Para complacencia del general, contesté cada una de sus preguntas con toda displicencia; aunque en el caso del cardenal, fui más que claro al hacerle saber que no tenía negocios con él y mi relación era únicamente de amistad.

—¿Amistad?, ¿en verdad crees que el cardenal tenía amigos, abogado? Para que lo sepas él traicionó a Pablo Escobar —ante la supuesta revelación que Silva le estaba haciendo, José Ángel sonrió para sí mismo.

—Mira, comandante, la confianza que el cardenal tenía conmigo era muy grande; desde un principio él me hizo saber las intenciones del colombiano, pero nunca solicitó mi ayuda. Sin apoyo de mi parte, él le pidió una audiencia al presidente para ofrecerle una lista de políticos y empresarios involucrados en el narcotráfico; a cambio, él le otorgaría a Pablo asilo político en México. Para la mala fortuna del capo, esos informes ya se los había dado yo a Carlos y él no aceptó el trato.

—¡Ta' cabrón lo que me dices, Pepe! Imagina que alguno de los hijos del capo se llega a enterar de eso; seguro te manda a matar. Bueno, la verdad desde que te conozco siempre has estado cerca de que te maten, aunque en algunos casos, ni cuenta te has dado.

—Pues si no eres tú quien va de chivato no sé quién más puede ser. Sólo no olvides, antes de hacer una pendejada, que te he salvado el pellejo más de una vez y quizá lo tenga que hacer de nuevo, comandante.

—Lo tengo muy presente y no tienes que recordármelo, Pepe.

—Me alegra, yo todavía guardo en mi mente el rostro de pendejo que tenías cuando intentabas explicarle a los jefes lo ocurrido en el aeropuerto de Guadalajara para que no te refundieran en la Palma. Ja ja ja. ¿Cómo ibas a explicarles algo que no sabías? La cosa es que en medio de ese caos que se vivía en el salón, salí en tu ayuda y te salvé de ir a prisión. Esa reunión había sido planeada para encontrar un chivo expiatorio y el secretario de gobernación estuvo a nada de conseguirlo.

—No lo olvido, abogado. Si los curas se aventaron ese día la puntada de darte el título nobiliario del abogado del narcotráfico.

—¡Ya ni la chingan esos curitas con esas puntadas! Eso sí, bien que se callaron que los Arellano, en la reunión que tuvieron en la Nunciatura con el Cardenal Roberto, les entregaron un diezmo de tres millones de dólares.

—A dios lo que es de dios.

—Ni más ni menos, comandante, lo malo es que ese día empezó mi calvario. Con el Vaticano presionando al presidente, para dar rápidamente con los responsables del asesinato de Posadas, éste le ordenó a Guillermo Calderoni detener a Juan Abrego y trasladarlo a La Palma. Por desgracia para todos, el pinche Cabezón al momento de aprehenderlo, en vez de subirlo al avión y dar por terminado el encargo recibido, cometió el error de escuchar, por más de cinco horas, los nombres y lugares donde el capo se había reunido con políticos y empresarios para tratar algunos negocios de droga y dinero. Con gran malicia, Abrego además le confesó que tres de sus hombres fueron los que mataron a los dos colaboradores del ingeniero.

—Veo que tú también lo sabías, abogado.

—Siempre lo supe, comandante, ese es mi trabajo, saber todas las chingaderas que pasan en este país y estar listo a cubrirlas. Por eso en el informe que le presenté al señor presidente, adicioné las actividades de espionaje que Calderoni había realizado sobre él. Como era lógico, al enterarse que fue vigilado por el federal, Nassalia le dio un ultimátum para que abandonara el país.

—Y, con Calderoni fuera, tu amigo el magistrado te recomendó para ser el encargado de manejar las operaciones del gobierno en cuestiones de narcotráfico y lavado de dinero.

—Eso fue después de lo de Carrasco, comandante. No sé si lo sepas, pero yo era asesor del candidato y todo figuraba para que retomara la carrera política que abandoné de joven.

—¿O sea que tu plan se fue a la mierda cuando lo asesinaron?

—Sí, Lucio, vino a romperme la madre. Y, más, cuando recuerdo la cara de su esposa en mi pecho desconsolada, mientras reproducían, una y otra vez, el pinche video de su asesinato en la televisión. Después de esto, el país se fue a la mierda con el nombramiento de Zorrilla —comprendiendo el momento tan doloroso que revivía el abogado, el Chico Changote se levantó de su asiento para regresar, minutos después, con un vaso lleno de tequila.

Sin que lo pudiera sospechar ni Lorenzana ni Caño, en las bolsas de su chamarra, el comandante llevaba ocultos un par de limones y un salero.

—Te voy a confesar algo, Pepe —pronunció Silva misteriosamente al ocupar su lugar haciendo malabares— el pobre pendejo que tienen detenido en La Palma, ese tal Aburto, no fue quien le disparó.

—¿Y tú cómo lo sabes, comandante? —cuestionó el abogado al Chico Changote, mientras lo veía darle un trago a su vaso de tequila y sacar a hurtadillas uno de los limones bañados con sal.

—Lo sé porque mi hermano era comandante de Tijuana en ese entonces y fue quien trepó al Aburto a la camioneta que lo traslado a la Procuraduría. Una noche de copas, el Negro, como le digo, me confesó que el güey que le disparó al candidato no medía más de un metro con sesenta centímetros y estaba bien matudo; por eso, cuando lo vio en la televisión todo rapado y dijeron que media un metro con ochenta, supo que ya no estaba vivo el verdadero asesino. Además, pocos lo saben, pero dentro de la camioneta le dieron otro tiro al candidato. Ese fue el que lo mató.

La voz del piloto anunciando el arribo al aeropuerto de Culiacán, no le permitió al abogado enterarse de lo que en realidad ocurrió en Tijuana. Era momento de ajustar el cinturón de seguridad.

LIII

Con la aeronave estacionada en el hangar de la PGR, las luces de las patrullas se encendieron y José Ángel las observó desde la ventana. Sabía que la situación era tensa y tenían que estar preparados para todo.

—¡Manolo, en cuanto todo esté listo bajamos!

Con la puerta del *jet* abierta, Caño y el Chico Changote bajaron el cuerpo del capo y lo colocaron en el asiento trasero de un Cadillac negro que se encontraba estacionado cerca de la escalinata. José Ángel sabía que la familia no vería con buenos ojos que uno de los suyos llegara en un camión frigorífico, aunque por el olor que el cuerpo emitía, sería lo más conveniente.

Antes de abordar el automóvil, el abogado tomó de su portafolio tres fajillas de dólares y se la entregó al piloto. La nueva orden era que se trasladara a Mazatlán y ahí aguardara su llegada.

—¿Cómo están las cosas por acá, Mendoza? —le preguntó Lorenzana al Cobra, al estrecharle la mano.

—Tranquilo, abogado. El gobierno ha mantenido un silencio total dentro de la corporación.

—¿Y los Carrillo saben que viniste por mí?

—Ellos no tienen por qué saberlo, abogado —la respuesta del federal, a pesar de ser corta, dejó más que complacido a Lorenzana.

Tras ordenarle al Cobra que se preparara a partir, José Ángel caminó, a paso firme, hasta sentarse en la parte delantera del automóvil. Por la acelerada velocidad con la que había dispuesto el federal que se condujera, el trayecto entre el aeropuerto y la Chapule no duraría más de quince minutos y pronto se vieron entrando a la mansión.

En cuanto el Cadillac rebasó el portal, la tensión aumentó en los rostros de Lorenzana y el Chico Changote. Ambos sabían que la estrecha vereda, que los conducía a la casa principal, se encontraba vigilada por al menos una docena de hombres armados con cuernos de chivo. Con los faros apagados, el automóvil se detuvo frente a la puerta principal y la mamá de Amado, acompañada de su hijo menor, avanzó en silencio hacia ellos. Anticipándose a su madre, el Niño de Oro se acercó inmediatamente a la parte trasera del Cadillac y observó el cuerpo de su hermano. A pesar del excelente trabajo realizado por la maquillista en la capital, las cicatrices de las diversas operaciones, a las que había sido sometido el cuerpo del capo, se dibujaban a lo largo de éste como espuma en el mar. Después que Rodolfo le confirmó a su madre que era el cuerpo de Amado, un rictus de dolor se dibujó en el rostro de doña Aurora, quien tomó del brazo a Lorenzana y caminó al interior de la casa.

Sentados en la sala, doña Aurora aprovechó la ausencia del Viceroy y le preguntó al abogado si deseaba algo de comer o de beber; sin poderlo ocultar, se encontraba sorprendida por la maniobra ejecutada por él y se desbordaba en atenciones.

—Un whisky en las rocas.

En tan sólo un par de minutos, una de las sirvientas arribó con una botella de Buchanas 18 y la dejó sobre la mesa. Sin quitar su atención en la doña, Lorenzana se levantó del sillón y preparó dos tragos. Necesitaba relajarse antes de que los Carrillo lo inundaran con preguntas de su hermano.

—¡Otra vez nos encontramos, Pepe! —exclamó Vicente al entrar a la sala y ver el rostro de José Ángel sumido en el vaso.

—Así es, compadre. Estos hábitos que ojalá se vuelvan costumbre, ¿no crees?

—¡Claro, chingá! Bien dicho y sobre todo porque…

—¿Y cómo sabías que los Verdes buscarían quitarnos el cuerpo?, ¿qué no estaba arreglado todo? —preguntó doña Aurora interrumpiendo el comentario de su hijo.

—No lo sabía, Aurora. La verdad es que me la jugué. Lo que sí advertía era que si me equivocaba era hombre muerto.

—En eso no te equivocabas, Pepe —respondió Rodolfo, quien ya se encontraba sentado al lado de su madre y con una cerveza en la mano.

Con precisas respuestas, el abogado fue convenciendo a doña Aurora de su inocencia quien, sin argumento que exponer, se levantó del sillón y le indicó a su hijo Vicente que subiría a su habitación a descansar un poco. Cuando la demás gente ya se encontrara en casa, le hiciera el favor de avisar.

Dibujando los rostros de los Carrillo en sus pupilas, José Ángel se sirvió otra copa, mientras consumía un par de pescadillas y tres tacos gobernador que la sirvienta había colocado en la mesa.

—¿Y cómo es que te metiste en estos negocios, Pepe? —enunció de la nada el Niño de Oro, buscando retomar la plática.

—Por necesidad, Rodolfo.

—Pero sí tú fuiste a la escuela y no a los montes como nosotros.

—¡Pues sí! Pero recuerda que hay montes que parecen escuelas y escuelas que parecen montes.

La amena charla que se originó en la sala, obligó a Vicente a integrarse a las rondas de tragos que duraron hasta las tres de la mañana, cuando se escuchó el sonido de varios automóviles entrando a la Quinta.

LIV

En cuanto vio entrar a los visitantes a la sala, Vicente le ordenó a una de las muchachas del servicio llamar a su mamá; mientras, ellos inhalarían algunas líneas de cocaína que el Chapo les ofrecía. Con la charola fuera de su vista y más despierto, Lorenzana escuchó los cansados pasos de doña Aurora bajando las escaleras de madera; al llegar al piso, con las manos guardadas en la bata de seda, ella caminó hasta el comedor en donde les ordenó acercarse.

Sin perder un segundo, los capos se levantaron y fueron ocupando las sillas alrededor de la mesa. Sentado a un costado de la madre de Amado, el abogado observó que en el centro se encontraba un sobre con las siglas de la notaría número 2 de Culiacán grabadas al frente.

—Antes de informarles la razón para estar aquí reunidos, quiero que le brindemos un aplauso a José Ángel López Lorenzana, nuestro abogado, por habernos ayudado durante tantos años a que la organización se convirtiera en un imperio —ordenó doña Aurora al dar inicio a la reunión—.

Particularmente, quiero agradecerle por lograr que mi hijo mayor esté aquí conmigo.

—¡Felicidades, abogado!

—¡Así se hace, Pepe!

—¡Muy bien, compa!

—¡Tienes toda mi confianza! —sin reparar en agradecimientos, Lorenzana correspondió a cada uno de los buenos deseos, aunque al referirse a doña Aurora, hizo un énfasis mayor al darle las gracias.

Después de socavar el festivo momento con un golpe seco de su copa, la mamá de Amado tomó el sobre que se encontraba en la mesa y utilizó un fino abrecartas de oro para romper el sello lacrado. Con los deseos de su hijo temblando en las manos, ella recorrió con la vista el inicio del texto y suspiró largamente. Para desgracia de los presentes, su pétreo rostro no les permitió enterarse de lo ahí escrito.

Al sentirse preparada para afrontar las decisiones de su hijo, levantó la vista y empezó a leer las primeras hojas que contenían el protocolo y las generales de emisión del testamento. Aquella lectura obligada, pero ociosa, agravó el ambiente cuando se escucharon los nombres de los primeros herederos:

—A Berthila, Alicia, María Luisa y Martha, les dejo las cuentas bancarias que enumero en el agregado A del testamento, así como las propiedades que enlisto en el apartado uno y siete —sin poder mostrar alegría al saberse millonarias e independientes, las hermanas de Amado le solicitaron permiso a su mamá para regresar a sus habitaciones.

Siguiendo con la enfadosa lectura, doña Aurora comenzó a leer el apartado tres, el cual se refería a los territorios que Amado Carrillo le dejaba a sus hermanos, al Mayo Zambada, a los hermanos Beltrán, al Chapo Guzmán, a los Valencia y a Nacho Coronel. Al terminar de enumerar los estados y las plazas que cada uno manejaría, les extendió un documento que refrendaba lo dicho.

Después de que cada uno de los mencionados plasmó su firma, la mamá de Amado continuó la lectura del testamento hasta llegar al apartado número ocho, en donde se hacía referencia a la situación del abogado. Como era previsible, la expectación silenció la mesa, mientras se escuchaba el primer designio del capo.

—Deseo que se considere a José Ángel López Lorenzanas, mi abogado, como parte de la familia; por ello, pido a mis amigos y hermanos lo respeten como yo lo he respetado durante tantos años —como era de esperarse, Vicente y Rodolfo se miraron fijamente sin mostrar, hasta el momento, queja alguna.

Para mala fortuna del abogado, poco duró aquella calma, ya que al leerse el segundo mandato Vicente explotó en insultos contra él; por suerte, doña Aurora calmó a su hijo y le pidió a un par de muchachos del servicio bajar la maleta que se encontraba encima de su ropero.

En cuanto el plástico negro chilló en el fino vidrio, Vicente tomó con brusquedad la mano de José Ángel y la colocó en el picaporte. Al sentir el frío metal y sin tener otra opción, Lorenzana abrió la maleta dejando salir un brillante resplandor originado por las cientos de monedas de oro contenidas en estuches especiales. Atrapados entre las finas cajas de cedro, se encontraban también varias emisiones de bonos americanos con un valor de veinte millones de dólares.

Al ver el tesoro que su amigo le dejaba, el abogado cerró presuroso la maleta y la colocó en el suelo. No era una buena idea pavonear su herencia delante de los Carrillo.

—¿Y qué hiciste para que mi hermano te dejara tanto dinero, Pepe? —lo cuestionó Vicente, buscando dar inicio a sus reclamos.

—Para este momento seguramente me encontraré sepultado junto a mi abuelo Amado, del cual le heredé más que el nombre. Sin dejo de duda, sé que están reunidos alrededor de la mensa mis más fieles amigos junto con mi familia, quienes son lo que más quiero en la vida —leyó doña Aurora, evitando que su hijo siguiera haciendo el ridículo ante los demás capos—. Así como ustedes, José Ángel se ha ganado mi afecto, por esa razón, he decidido cumplirle el sueño de salir de la organización sin que para ello haya algún tipo de represalia o atentado contra su vida. Por lo que le pido a Ismael, Nacho, Beltrán, Joaquín, a los Valencia, Vicente y Rodolfo, me ayuden a que mi última voluntad se cumpla.

Informado de que el dinero en la maleta era la liquidación del abogado, el Viceroy se levantó de la silla y caminó a donde se encontraba sentado el aún abogado de los Carrillo.

—Si me lo permite, madre, me gustaría brindar por todos los años que Pepe ha trabajado con nosotros —pronunció el capo al colocar su mano en el hombro derecho de Lorenzana—. Como todos sabemos, él ha sido un gran aliado y es hora de reconocer todo lo que ha hecho por nosotros. ¡Salud! —al terminar su corto discurso, todos chocaron el fino cristal en el aire como una muestra de amistad.

—Muchas gracias por su afecto y han de saber, por mi propia voz, que no es mi intención ir en contra de los deseos de Amado. Por lo que quiero informarles que desde este momento dejo de ser el abogado de la familia Carrillo —pronunció el abogado, como respuesta a las cálidas palabras del Viceroy.

Al dejar la copa en la mesa, Lorenzana abrazó a cada uno de los capos y culminó dándole un beso cálido en la mejilla a doña Aurora. Cubierto de agradables deseos y buenas intenciones, el abogado abandonó la casa y se subió a su auto.

A pesar de ser las cinco de la mañana, viajaría al hermoso puerto de Mazatlán.

LV

CON LA MIRADA CANSADA y el pensamiento contrariado, Lorenzana le hizo una seña al Chico Changote para que abordara el auto: tenía un mal presentimiento y prefería abandonar La Quinta rápidamente.

En cuanto el automóvil tomó la avenida, cinco unidades del la PGR, con veinte hombres del Cobra distribuidos en ellas, formaron un convoy protegiendo la unidad en donde viajaba el abogado. A pesar de que aún faltaban dos horas para llegar al aeropuerto de Mazatlán, Lorenzana tomó su celular y se comunicó con los pilotos para que tuvieran listo el avión a su llegada. El sol no tardaba en salir e intentaría llegar a Toluca antes del mediodía.

Después de hora y media de viaje, José Ángel observó que circulaban por el Blvd. Olas Altas y se comunicó con Mendoza. Minutos atrás, Lucio le había sugerido que se detuvieran a desayunar.

—¿Dónde propones que desayunemos, Cobra?

—La verdad a nosotros nos gusta el Alabeño, pero si usted decide otro sitio está bien para nosotros, patrón —consciente de que la tensión había menguado las fuerzas de la gente, el abogado aceptó la propuesta del federal y le indicó dirigirse al lugar.

Para la mala fortuna del Cochiloco, quien iba saliendo del restaurante, las unidades que custodiaban a Lorenzana se toparon con él y su gente. Por ello, en cuestión de segundos se desató una terrible y cruda balacera entre los bandos. Al principio, la superioridad numérica de la gente del Cobra se impuso sobre los escasos siete hombres que acompañaban al lugarteniente. Como haces de luces, las balas surcaban de Sur a Norte y los gritos eran cada vez más espaciados.

Contrario a lo que los federales creían, el Cochiloco había solicitado apoyo desde el inició de la refriega y en el horizonte ya se dibujaban cinco camionetas acercándose rápidamente.

Al descubrir que el capo se protegía únicamente por el camión de cerveza, el Cobra tomó el R15 y disparó hasta dejar el suelo lleno de vidrios.

—¡Entrégate o te mato, Cochi! —gritó el Cobra escondido detrás de una camioneta.

—¡Vete a la verga, puto! —contestó enardecido el lugarteniente, al verse nadando entre litros de cerveza.

—¡Cobra! ¡Cobra! —gritó el Chico Changote, al observar la llegada de las camionetas.

—¡Agáchese o lo matan, comandante! —gritó también Caño, buscando salvarle la vida.

Sin que el Cobra lo pudiera evitar, uno de los hombres que viajaban en la primera troca, en cuanto salieron de la curva y tuvo un mejor ángulo de disparo, soltó varias ráfagas con su cuerno de chivo.

—¡Aviéntales una granada! —aulló desesperado el yanqui, mientras las toscas balas penetraban en su pecho.

Viendo caer al comandante, Caño buscó poner a salvo a José Ángel y penetraron en el interior de un austero restaurante de palma a orillas del mar. Resguardados y con las balas merodeándolos, Manuel disparó su metralleta a diestra y siniestra en dirección a donde estaba la gente. Para mala suerte del Cochiloco terminó con dos balas de MI almacenadas en su cuerpo y su sangre empezó a regar el suelo.

Obligados por las circunstancias, seis hombres abandonaron el combate y levantaron rápidamente el cuerpo de su jefe para trasladarlo a un hospital. El resto de su gente terminaría con la vida del abogado y su escolta.

Con los hombres del Cobra regados sobre la acera y la avenida, sólo una pared de madera, cinco sillas de aluminio y una vieja mesa de cocina, separaba el cuerpo de José Ángel de las manos inquietas de los gatilleros, quienes iluminaban el frente de la pequeña cabaña con sus funestas armas.

Teniendo ese panorama de muerte, el abogado escuchó las hélices de un helicóptero acercándose y los disparos de los gatilleros empezaron a silbar con más fuerza, apagando el graznido de las gaviotas que se perdía entre la furia oceánica de las balas.

—¡En cuanto el helicóptero pase, corremos hasta la lancha que está allá, abogado!

—¿A dónde?

—¡A la lancha que está allá! —le repitió Manolo a su jefe, consciente de que las balas de su 9mm se habían terminado.

Viendo como las paredes de bambú se empezaban a desgajar por la vibración de las hélices y los impactos de las balas, ambos se dirigieron a su objetivo a toda velocidad; para sorpresa del abogado y su guardaespaldas, en vez de que el helicóptero arremetiera contra ellos lo hizo contra los hombres del Cochiloco. Gracias a ello, y al entrenamiento que Caño había recibido en el ejército español, se alejaron de la playa rápidamente en la pequeña embarcación.

Sintiendo el agua marina bañando sus rostros, Lorenzana se comunicó con el C.H. a su celular. Necesitaba que el gatillero lo apoyara con algunos encargos.

—¡Me escuchas, C.H.! —a pesar de la interferencia y del constante sonido del viento en su oído, José Ángel pudo mantener una breve plática con el sicario—. ¿Qué pasó con ese asunto, lo harás o no?

—¿Hacer qué, patrón?

—¡Uta madre, ya salió a relucir otra chingadera de Oscar! Escucha bien lo que te voy a decir, C.H. Quiero que vayas a mi casa de Toluca y te lleves a mi esposa al aeropuerto.

—Voy en camino, patrón —al concluir la llamada, el sonido de la aeronave acercándose se apoderó del cielo nuevamente.

Al mirar por encima del hombro de Lorenzana, Caño descubrió al helicóptero a escasos quinientos metros de ellos.

—¡Agáchese que van a disparar, señor!

—¡Regrésate a la playa, Caño!

—¿Qué?

—¡Que te regreses a la playa!

—¡Es peligroso, la gente nos estará esperando en la playa!

—¡Hazme caso, chingá! —con las palabras de José Ángel rebotando en su mente, Caño giró la lancha esquivando, sin proponérselo, el misil que el helicóptero había lanzado en contra de ellos.

Aprovechando la explosión de agua que se generó, Manuel escondió la lancha entre las olas tratando de simular su hundimiento. Sin la aeronave acosándolos, arribaron a la playa del Hotel West, en donde se dirigieron a la recepción del hotel.

LVI

Sentado en el asiento delantero de la camioneta alquilada, el abogado se comunicó con los pilotos de la aeronave
y les ordenó encender los motores. Sabía que en menos de
quince minutos arribarían al hangar.

—¡Pero ésta me la pagan esos cabrones de los Carrillo!
—chillo el abogado, al ver, a través del parabrisas, su *jet* estacionado—. Y no lo digo por el dinero perdido.

—¿Entonces, señor?

—Porque si no salgo en chinga de la Quinta, ahí mismo
me matan.

—¿Lo cree?

—No lo creo, te lo afirmo, Caño. Es más, creo que el
Cochiloco y su gente nos estaban aguardando por orden
de Vicente.

—Pero, ¿cuál es el motivo de hacerle esto?

—¡Qué más, renovar el negocio!

En cuanto la camioneta se colocó a un costado del avión,
Lorenzana, a diferencia de otras ocasiones, bajó a toda ve-

locidad y le avisó al piloto que se preparara a despegar. El tiempo se terminaba y tenía que ir por su mujer antes de darle la orden al C.H. de matar al Viceroy.

Recibiendo la autorización de la torre de control para despegar, el diestro capitán colocó la aeronave a un costado de la pista; en ese momento, cuando las turbinas hacían temblar el desgastado concreto, José Ángel miró la llegada de su Cadillac y ordenó posponer el despegue.

—¿Qué pasó, abogado?, ¿ya te vas sin mí? —gritó el comandante al ver a Lorenzana bajando del avión.

—Sólo andamos calentando motores, Lucio.

—¿Todavía nos persiguen?

—Te digo que calentamos los motores.

—¡Pues subamos de una vez al avión o nos agarrarán como al negrito de las historietas! —consiente que la vida del Chico Changote dependía del contenido de la cajuela, José Ángel caminó hasta su automóvil y buscó la maleta heredada por los Carrillo.

Satisfecho por el panorama que veía, le ordenó a Manolo subir su equipaje al avión.

LVII

Con treinta minutos de vuelo, diversas preguntas aparecieron en la mente de José Ángel, quien no soltaba el habano a pesar del calor que empezaba a envolver sus dedos.

¿Por qué el helicóptero atacó a la gente del Cochiloco? ¿Cuál era su verdadera intención? Al sobrevolar la ciudad de Guadalajara, la voz de Caño interrumpió el dialogo interno de Lorenzana, quien se levantó súbitamente y caminó en dirección a la cabina.

—¿Cuánto tiempo falta para llegar al distrito, capitán?

—Menos de una hora, licenciado.

—Entonces cambie de coordenadas, capitán. Aterrizaremos en Toluca.

—¿Ya no iremos a la ciudad de México?

—Indíquele a la torre lo que le dije, capitán —con la primera parte del plan concluido, el abogado se comunicó a su casa para saber si el C.H. ya había pasado por su esposa.

—¿Cómo estás, Refugio?

—Bien, amor. ¿A qué hora vienes por mí?

—Para eso te hablo, ¿ya llegó el C.H. a la casa?

—¿Quién?

—El muchacho que nunca te cayó bien.

—¡Ah, Tomás! No, aún no llega. ¿Iba a venir por mí? —alertado por la noticia, el abogado guardó silencio antes de responderle a su mujer.

—Escucha bien lo que te voy a pedir y no quiero preguntas. Toma sólo tu pasaporte y en una de las camionetas vete al aeropuerto. Por nada del mundo permitas que los muchachos te acompañen, ni les digas a dónde vas. En cuarenta minutos ahí te veré, ¿ok?

—¿Qué pasa, amor?

—¡No pierdas el tiempo y apúrate!

Al regresar a su asiento, José Ángel buscó tranquilizarse y le preguntó a Lucio qué opinaba del C.H.

—¿Te refieres al matón de Benjamín Arellano?

—Sí.

—Es un cabrón con muchos huevos, siempre le echa pa' delante; pero, ¿por qué me preguntas eso si lo conoces mejor que nadie?, ¿acaso tienes problemas con él?

—Sólo es para hacerte la plática.

—¿Entonces no tienes problemas con él? —sin contestarle al Chico Changote, Lorenzana cerró los ojos y buscó una razón para que los Carrillo, desobedeciendo los deseos de Amado, lo quisieran ver muerto.

Si pienso en hechos extraños sucedidos durante la fiesta en la Luz, tendría que empezar preguntándome por qué Amado, quien tenía más de diez años de conocer a mi esposa y ni una vez la había felicitado, le realizó una fiesta tan grande; además, la presencia de varios gobernadores, procuradores y hasta del mismo Héctor M. amigo íntimo del presidente y actual Secretario de Gobernación, no era usual. Por otro lado, ¿las camionetas que entraron al rancho en la madrugada eran para el traslado de mi amigo al hospital o llevaban consigo al hombre que harían pasar por Amado? Si la segunda pregunta es la buena, entonces tengo que concluir diciendo que los Carrillo me utilizaron. Nadie de los medios o de la policía, dudaría de mis lágrimas, pensó el abogado.

Preocupado por lo que había descubierto, José Ángel se sirvió una copa de whisky y encendió un habano. Reconocía que no podía estar seguro de sus conclusiones, pero sí de que sería el testigo idóneo para avalar la muerte del capo. Ni las autoridades americanas ni las mexicanas, ni la prensa, ni nadie en el mundo desconfiarían de él.

No hay de otra, entre más lo pienso más cuadra todo. Es un hecho que el Abuelo me hizo ir al hospital para que la gente de la PGR, al verme, creyera que Amado se encontraba hospitalizado. Además, el que Vicente me avisara que el cuerpo de su hermano sería llevado al SEMEFO, para que las autoridades americanas analizaran su ADN, fue el detonador de todo este desmadre. Seguramente los veinte millones de dólares que la doña mandó a la casa de Borbolla era algo fuera de lo convenido; de ahí que Vicente se encabronara tanto, y creyendo que el dinero era para mí, hizo todo ese desmadre para poder revisar mi automóvil. Entonces, debo aceptar que siempre fui la carnada, y que la única persona capaz de concretar una serie de acuerdos para simular la muerte de Amado Carrillo, era Carlos Nassalia, continuaba Lorenzana en su cabeza.

Al ver la luz roja encendida, que indicaba que estaban a punto de aterrizar, José Ángel abandonó la recapitulación y se abrochó el cinturón de seguridad. El aeropuerto de Toluca se dibujaba desde la ventanilla del avión y era momento de prepararse para el aterrizaje.

LVIII

En tierra, Refugio y una pipa de combustible ya se encontraban esperando a que el *jet* aterrizara. En cuanto la aeronave hiciera su aparición en el hangar, el personal del aeropuerto llenaría con turbosina el tanque para que continuaran con su viaje.

Tras un aterrizaje suave, el abogado se incorporó del asiento y caminó a la parte trasera del avión, en donde se encontraba la maleta con el dinero. Después de revisar un par de veces el contenido, sacó dos millones de dólares en centenarios y los dividió en dos bolsas de plástico; al tenerlas cerradas, le entregó a Manolo la que contenía el valor de un millón y medio de dólares, y al Chico Changote el resto de las monedas.

—¿Pasa algo, señor? —cuestionó Caño, al ver el contenido.

—Es hora de despedirnos por unos días, Manolo.

—¿Y por qué me da tanto dinero, señor? Sabe bien que a mí me paga la Reina, no usted.

—¿Tú qué opinas, comandante. También quieres regresarme el dinero que te doy? —al verse involucrado en la plática, el Chico Changote, quien se encontraba sentado aún en el sillón bebiendo una copa de coñac, levantó la mirada antes de contestar.

—Por mí el apoyo está bien, Pepe. Ni sé ni me importa lo que piense este pinche pelón —al escuchar la respuesta de Lucio, Lorenzana se sintió satisfecho. Cualquier otra respuesta lo hubiera preocupado.

Teniendo la puerta del avión abierta, el comandante bajó las escaleras con la 9mm sujetada por sus dedos, detrás de él, Manolo Caño llevaba el R15 en su hombro y José Ángel mostraba su inseparable puro en la boca. Sin esperar a que el avión apagara los motores, el chofer de la pipa y su ayudante instalaron la manguera al tanque del *jet*, mientras los mecánicos revisaban el tren de aterrizaje y los demás puntos básicos.

En cuanto vio a su hombre, Refugio aceleró el paso, mientras Lorenzanas, consciente de su avanzado estado, corrió a su encuentro.

—¿Cómo te encuentras, preciosa?, ¿siempre no apareció el C.H? —cuestionó el abogado a su esposa, al tenerla abrazada con ambas manos.

—No, amor. Quién sabe qué le habrá pasado a ese muchacho.

—Olvidémonos de él, ya aparecerá.

Como tenía que ser, los hombres que lo habían acompañado en esta travesía esperaron el momento oportuno para despedirse. La decisión de cambiar de aeropuerto les brindaba unos minutos extras.

—Bueno, Pepe. Que tengas un buen viaje, compa —le dijo Lucio Silva al abogado, al ver que tomaba de la mano a su mujer.

—Te lo agradezco, comandante. Y, cuídate, las cosas se pondrán muy cabronas en el país.

—¡Seguro, abogado! —en cuanto soltó la mano de Lorenzanas, el Chico Changote abordó la camioneta de Refugio; sin encender la unidad, empezó a contar avariciosamente las monedas que le habían dado por sus servicios.

Nuevamente en el avión, el abogado se sintió tranquilo al ver a su mujer sentada a su lado, y se preguntó cuál sería la persona idónea para vender, en algunos casos y administrarlas en otros, algunas de sus propiedades. Por un segundo, un sentimiento de tristeza lo invadió al recordar su despacho en Polanco: cerca de veinte años quedarían en sus recuerdos.

Tras ahogar el amargo trago en una sonrisa fingida, el abogado enumeró en su mente la serie de propiedades que vendería:

De lo primero que venderé será la casa de Acapulco que le regalé a Refugio cuando cumplió veinticinco años, el rancho de Cuernavaca, la Quinta en nuevo Vallarta que Amado me regaló cuando logré bajar un Boeing 747 en Chiapas cargado de cocaína. Él siempre pensó que había sido una hazaña la mía, cuando en realidad el procurador del Estado era el hombre más corrupto que pudiera haber en el mundo. Venderé también los veinte carros de lujo; la casa de Matamoros se la venderé a Ricardo Montesinos. Él aprovechará el túnel que sale hasta el lado gringo; los locales comerciales los conservaré, así como las escuelas y las casas de cambio.

El ruido de los motores, al acelerar la aeronave, detuvo el recuento de José Ángel, quien miró el vientre de su mujer; en ese momento, él supo que no había un motivo más importante en el mundo, que lo hiciera regresar a la vida que abandonaba. Su futuro hijo y su mujer eran lo único que le importaba ahora.

Con la autorización de la torre, la aeronave tomó pista y el abogado, consciente de que no vería nuevamente a Silva, marcó a su celular.

—Será mejor que ya te alejes de aquí, comandante. Los federales no tardan en llegar.

—Eso ya lo sé, Pepe.

—No cabe duda. Aparte de traidor eres pendejo, cabrón.

—¿Traidor, yo? Ya verás quién es el traidor, puto —ante los insultos del abogado, el Chico Changote tomó su pistola y se bajó de la camioneta con la intención de dispararle al avión.

Cuando el *jet* ya levantaba el tren de aterrizaje, José Ángel miró, desde la ventanilla la llegada de dos unidades de la Policía Federal. En cuanto se estacionaron junto a la camioneta en que se encontraba Lucio, bajaron de ella una docena de agentes que rodearon al comandante. Intentando dialogar con ellos, les mostro la bolsa llena de centenarios, como respuesta, varios impactos de bala quebraron su cabeza, pecho y cara.

LIX

AL VER EL CUERPO del comandante acribillado, José Ángel recordó las palabras que le dijo mientras volaban a Culiacán: "Tú has estado a punto de morir varias veces, abogado y ni cuenta te has dado."

—Amor, me ayudas a levantar para ir al baño —pronunció Refugio en cuanto el avión se estabilizó.

—¡Claro! Pero ten cuidado y no camines muy rápido.

—Así lo haré, pero éste hijo tuyo está muy inquieto —respondió la mujer del abogado, mientras lograba alcanzar el pasillo en dirección al baño.

Cuando escuchó la puerta cerrarse, Lorenzana aprovechó la ausencia de su esposa para llamarle a Luis Del Valle; había tomado la decisión de que su secretario vendiera y administrara los negocios que dejaba en México.

—Luis.

—¿Cómo estás, Pepe? Aquí andamos Sara y yo un poco preocupados por lo ocurrido.

—Me imagino, ¿de qué te has enterado?

—No de mucho, pero alguien cercano al presidente quiere tu cabeza.

—Me imagino quien, pero bueno, necesito pedirte un favor.

—Tú manda y dalo por hecho —antes de continuar con la charla, José Ángel apartó por un momento su celular y miró por el pasillo en busca de su mujer.

—¡Refugio!, ¿estás bien?

—¡Qué!

—¿Que si estás bien, mi amor?

—Sí, gracias. Ahora salgo.

—¿Sigues ahí, Luis?

—Sí, Pepe. Dime qué necesitas.

—Mañana te mandaré un fax con las propiedades que quiero que vendas y las que necesito que administres. Cada mes me depositaras las ganancias a las cuentas en Marruecos y me mandas un informe detallado a mi correo de Asia. Desde Guatemala yo te mandaré tu salario más tus ganancias.

—¿Venderás el despacho? —con conocimiento de causa, el secretario había tocado fibras sensibles y guardó silencio.

—Eso es todo, Luis. Estaré en contacto contigo.

—Cuídate, Pepe, y recuerda mantener la guardia arriba ya que... —sin alcanzar a escuchar el último comentario de su secretario, José Ángel cortó la llamada y buscó la 9mm en el bolsillo de su saco.

—Pepe, ¿me pasas de mi bolsa una pastilla de calcio, por favor? —al escuchar la solicitud de Refugio, el abogado interrumpió la búsqueda de su pistola y cogió el bolso de su mujer.

—¿Son blancas, mi amor? —le preguntó a Refugio, quien ya se encontraba parada frente a él con la 9mm en la mano—. Te pregunto que si son... ¿Qué haces con esa arma, mi amor? —preguntó sorprendido Lorenzana, mientras descubría en el rostro de su esposa una mirada que le era desconocida—. ¿Estás bien? ¿Te preocupa algo?

—Tengo un recado para ti del comandante Calderoni —antes de que el abogado pudiera responderle, Refugio le disparó dos veces y la sangre cubrió atropelladamente el asiento de piel—. Me dijo que te verá en el infierno, puto —murmuró, segundos antes de abandonar el arma en uno de los asientos desocupados.

Con el rostro del abogado recargado en la ventanilla del avión, ella caminó hasta donde se encontraba la maleta y la abrió. Tras mirar los cientos de centenarios y el paquete de bonos americanos, una sonrisa de satisfacción se dibujó en su rostro.

Satisfecha porque su plan había funcionado, Refugio tomó el celular y le marcó a su amante.

—Hola, mi amor.

—*¡What happned, baby!*, ¿no has podido matar a ese puto?

—¿Cómo crees, amor? Ese pendejo ya es historia. ¡Por fin nos hemos vengado de lo que te hizo, el cabrón!

—*Very good, baby, very good.* ¿A qué hora llegas acá?

—Como en dos horas, apenas le voy a dar la orden al piloto para que cambie el rumbo.

—Ok, mi'ja, acá la espero.

—No olvides que te amo, Guillermo —tras colgar, Refugio caminó hasta la cabina y le indicó al piloto dirigirse al Paso.

Al regresar a su asiento, ella se sirvió un vaso de whisky y miró el rostro sin vida del que había sido su esposo por más de una década; en ese momento, una fuerza contenida que vivía en ella explotó sin control. Sin ocultar su odio, mostró el gran desprecio que le tenía a Lorenzana y le habló con rabia sin importarle que estuviera muerto.

—Pos sí, cabrón, para que te lo sepas nunca te amé. Desde el primer día que te vi me diste asco, pero mi hombre quería que estuviera cerca de ti para que le informara lo que hacías; por esa razón, fue que me tuviste unos años a tu lado. Claro que tú fuiste tan pendejo que hasta me creíste que él me había obligado a ser suya. Pero no te sientas mal, pendejo, ni tu gente se dio cuenta de mis intenciones, ¡ni los putos de los Carrillo!, quienes, aunque no lo creas, te aprecian. Para que te lo sepas, si llegaste vivo a Toluca fue gracias a que ellos te protegieron en Mazatlán de los hombres de mi amante. ¡Qué puta suerte tienes, cabrón, claro, conmigo se te acabó y cuando menos lo esperabas! —la voz del piloto anunciando que aterrizarían en el aeropuerto en veinte minutos, interrumpió por un minuto la charla que Refugio sostenía con su esposo—. Sí, Pepe, éste hijo no te pertenece, siempre utilicé pastillas cuando nos acostábamos; ahora que lo pienso, fíjate que ni una cogida tuya disfruté. Eras muy pendejo con todo y que practicabas con tus putitas —al sentir que la aeronave empezaba a descender, Refugio recorrió con el frío metal de la pistola el rostro ensangrentado de Lorenzana—. ¡Hasta aquí hemos llegado, puto! Ya nos veremos en el infierno. ¡Si es que el diablo te deja entrar! —en ese momento de verdades, el celular del abogado sonó y Refugio dio un brinco. El chillido la había tomado por sorpresa y cometió el estúpido acto de contestar.

—Diga.

—¿Quién habla? —al escuchar la voz del Viceroy, la viuda aventó el aparato y se acurrucó en el asiento— ¡Bueno!… ¡Bueno!… ¡Rodolfo, ven para acá! ¡Creo que han matado o secuestrado a Lorenzana! —angustiada por el error cometido, Refugio apagó el celular y se sirvió una copa de vino blanco.

Sintiéndose recuperada, marcó de su celular el número de Calderoni.

—¡Amor!

—Dime —con las palabras temblando en sus labios, ella le contó a su hombre lo ocurrido. Al terminar su relato, el comandante le ordenó apagar los celulares. Estaba por aterrizar y no convenía complicar más el escenario.

Sin perder un segundo, Refugio obedeció las indicaciones y se acomodó en el asiento. Tenía la confianza de que su hombre solucionaría las cosas. Cuando el *jet* finalmente entró al hangar, la esposa de Lorenzana miró una docena de camionetas franqueadas por alrededor de cincuenta hombres; al frente de ellos, Guillermo Calderoni se encontraba portando un sombrero texano y sus extravagantes botas moradas.

—Ahora sí nos despedimos, puto. Es hora de que cada quien tome su camino y, de corazón, te deseo que tengas suerte —después de dar su corto discurso, Refugio tomó de los cabellos al que en vida fue el abogado del Cartel del Golfo y lo besó.

Alejando sus labios del rostro de Lorenzana, ella tomó nuevamente el arma y se paró a dos metros de distancia del cuerpo, dejando que el sonido de la última bala, entrando en el pecho del abogado, explotara una y otra vez... una y otra vez... una y otra vez...

El abogado del narco, de Harel Farfán Mejía,
se terminó de imprimir y encuadernar en septiembre de 2012
en Quad/Graphics Querétaro, S.A. de C.V.
lote 37, fraccionamiento Agro-Industrial La Cruz
Villa del Marqués, QT-762040